Henri Gougaud est né à Carcassonne en 1936. Homme de radio, parolier de nombreuses chansons pour Jean Ferrat, Juliette Gréco et Serge Reggiani, chanteur, poète et romancier, il partage son temps d'écrivain entre l'écriture de romans et de livres de contes.

Henri Gougaud

# LE TROUVEUR
# DE FEU

ROMAN

Éditions du Seuil

TEXTE INTÉGRAL

ISBN 978-2-7578-3702-3
(ISBN 2-02-005598-8, 1ʳᵉ édition)

© Éditions du Seuil, 1980

# 1

Izahi ouvre les yeux. Il est allongé, les bras en croix, dans l'herbe grasse. Il a dormi, rêvé, erré au fond du sommeil parmi des images paisibles. Un froissement de feuilles sèches l'a réveillé. Vigilant, les yeux seuls remuant, il écoute un instant tonner son cœur et bourdonner des insectes cuivrés autour de sa tête immobile. A nouveau il se laisse aller à la douceur du temps, s'étire et grogne d'aise.

La plaine verdoie sous le soleil. Quand viendra le crépuscule, Izahi cueillera les fruits dérivants que nul arbre ne tient mais qui demeurent longtemps suspendus dans l'air, mollement tombés du très haut et très sacré plumage de l'Oiseau Toumbo, lorsqu'il s'ébroue dans le vaste ciel. Izahi dévorera la manne avec délice et fera l'offrande d'une double poignée nourrissante à sa mère Fa, la vieille Fa que l'âge entrave et qui ne sort guère de sa hutte, car elle ne sait plus courir assez vite pour échapper à la griffe des Dagans. Fa lui dira pour la millième fois les secrets du Bond, de la Feinte et de la Longue Course. Elle lui contera, à mots mesurés, comment elle sut parvenir à l'âge vénérable, malgré les

7

Dévoreurs. Izahi écoutera patiemment, assis sur la terre battue au centre de la pièce ronde, heureux que la langue de l'aïeule soit encore agile, et son œil vif.

Un vent imperceptible berce le feuillage de l'arbre au pied duquel Izahi caresse la toison fauve de son ventre, l'œil mi-clos. Un rayon de soleil aiguillonne son visage, de temps à autre. Il devine la silhouette de trois enfants qui jouent au bord de la rivière à peine lointaine. Il lui vient une envie d'eau puissante, fraîche, ruisselante, une soif d'écume en gerbe, une faim de galets mouillés. Izahi est jeune et vigoureux, il sait encore assouvir ses fringales adultes avec la ferveur de l'enfance. Son esprit ignore l'ennui, son corps la fatigue et la mélancolie. Son cœur est vaste et bon. A cette heure, aucun travail ne saurait le contraindre. Il va se dresser sur ses jambes et courir en riant à grands hurlements vers le fleuve qui scintille et l'attire comme une femelle blanche en amour.

A l'instant de s'élancer il ne peut, chaque fibre de son corps soudain pétrifiée. Ses ongles s'enfoncent dans l'herbe humide. Le cou douloureusement tendu il écoute un bruit de pas lents et feutrés, derrière lui, un bruit à peine perceptible mais précis et terrible. Il respire à petits coups heurtés. Le visage de Fa surgit dans son esprit, la bouche articule ces mots : « Longue Course. » Violemment, ses jambes le catapultent en avant.

— C'est bien, Izahi, dit une voix familière.

Lao. C'est le vieux Lao. Izahi frissonne comme un arbre après l'assaut d'un bref orage. La vie revient dans son corps, afflue à grandes vagues. Il sourit. Lao

s'assied dans l'herbe. Son visage sec est un écheveau de rides sous une chevelure blanche et bouclée.
Son regard est malicieux, bienveillant, sa voix grave. Il
dit :

— Le temps est proche où je ne fréquenterai plus les
prés et les vents. Mon pas s'alourdit et trouble le silence.
Je suis au terme de ma vie. Que l'Oiseau Toumbo me
protège.

Il soupire bruyamment mais l'éclat de ses yeux dément
sa lassitude. « Il est heureux, pense Izahi, heureux d'avoir
fait de moi un Homli qu'aucun Dévoreur ne saurait
surprendre. »

— Personne sur Maïni n'est plus habile que toi, dit-il,
et tu le sais.

— Personne sur Maïni ne me fera croire ce dont il
faut douter, répond le vieillard. Peut-être mon vainqueur
est-il encore à naître mais il naîtra sans faute. Toumbo
veuille que ce ne soit pas un Dagan.

Les voici face à face, assis dans l'ombre de l'arbre.
Aujourd'hui Lao le savant désire que le jeune Homli
entonne devant lui le Chant de l'Aube, déjà trois fois
répété.

— Il doit être exactement gravé dans ta mémoire,
dit-il. Va, je t'écoute.

Izahi, les jambes croisées, le dos droit, gonfle sa poitrine, tend le cou. Les mots surgissent, lentement
psalmodiés. La tête dodeline de droite et de gauche. La
voix rauque s'affermit et plane.

— *Tu as pétri Maïni notre mère dure et verte.*
*Tu as pétri Maïni l'animal céleste.*

*Tu as aimé Maïni, ouvert les jambes de Maïni, fécondé Maïni.*

*Tu es le père de ses filles-rivières, de ses buissons turbulents, de ses arbres au vaste front.*

*Oiseau Toumbo*

*Voici l'offrande de sperme et de bâtons sculptés.*

*Que ta présence comble le cœur des enfants Homlis*

*Comme les fruits dérivants rassasient leur ventre!*

— Ahi, fils, grince Lao en hochant la tête. « Que ta bienveillance comble le cœur des enfants Homlis », et non point « ta présence ».

— Ne dispute donc pas pour un mot, répond Izahi.

Lao pose la main sur son épaule et serre durement.

— Tu dois prononcer la parole juste et le son exact, dit-il avec sévérité. Il n'est nulle part deux mots semblables, pas plus qu'il n'est deux gestes identiques. Celui qui ne sait pas cela ne parviendra jamais à l'âge vénérable. Continue.

— *Tu nous as bâtis droits sur nos jambes harmonieuses.*

*Tu as couvert notre corps de fourrure soyeuse et brune.*

*Tu as façonné nos visages imberbes, ouvert nos yeux, nos bouches délicates.*

*Oiseau Toumbo*

*Voici l'offrande de nuée rouge et de lait.*

*Que ta bienveillance comble le cœur des enfants Homlis*

*Comme les fruits dérivants rassasient leur ventre!*

10

— A cet instant, dit Lao, tu dois être debout face au soleil levant et ne point détourner ton regard. Ta gorge doit charrier un torrent dévastateur. Chante donc, Izahi, brise la voûte céleste!

La voix s'élève, Lao la suit du regard.

— *Toi qui demeures au-delà de la Porte de Roc*
*Toi que la griffe des Dagans ne saurait atteindre*
*Emporte-nous à l'heure juste parmi les étoiles*
*Jusqu'au ventre-jardin de la Grande Mère.*
*Oiseau Toumbo*
*Voici l'offrande de salive et de larmes*
*Que ta bienveillance comble le cœur des enfants Hom-*
*lis*
*Comme les fruits dérivants rassasient leur ventre!*

— Beau, beau, dit le vieillard avec délectation. Ce chant parfume le vent, il fait vivre l'air, que voilà meilleur à respirer.

Izahi rit fièrement. Il regarde le soleil et s'efforce de ne point fermer les yeux, puis s'allonge sur l'herbe en rugissant.

— Lao, dit-il, raconte-moi les mystères.

— Plus tard. Aujourd'hui nous avons assez navigué. J'ai vu quatre Dagans sortir de la citadelle, à l'instant où je venais te rejoindre. Nous devons veiller.

Izahi soupire et gémit comme un enfant capricieux.

— Où est le pays paisible, que je marche vers lui?

— Où est la litière de duvet de Toumbo, que j'y demeure pour l'éternité? répond Lao à voix comiquement puérile. Reviens à toi, Izahi, ton errance est trop longue.

— Pourquoi les Dagans se nourrissent-ils de nous comme nous de fruits dérivants? Pourquoi?

Le front de Lao se plisse et ses yeux stupéfaits contemplent des pieds à la tête son compagnon qu'il semble tout à coup ne point connaître.

— Quel étrange Homli tu es, dit-il. Jamais ne me fut posée une telle question depuis que je vis en ce monde. Qui demeure donc dans ta tête?

— Je l'ignore, répond l'adolescent.

Il se dresse et tente de déchiffrer deux points mouvants à l'horizon. Il flaire l'air, longuement.

— Si ma question est stupide, le Chant de l'Aube n'a pas de sens.

Cela, simplement dit, tombe comme une griffe sur l'échine du vieil Homli et Izahi, soudain conscient de la blessure qu'il inflige, s'accroupit avec humilité.

— Pardonne-moi, dit-il. Parfois les paroles qui franchissent le seuil de ma bouche me sont comme des objets inconnus.

— Comment peux-tu parler ainsi du Chant de l'Aube? dit Lao, profondément scandalisé. Ne comprends-tu pas qu'il nous est aussi précieux que l'air et l'eau? Aussi délicieux que les fruits qui nous font vivre? Ta chair est née de la chair de ta mère, ta parole est née de la beauté de Toumbo. Tu fais offrande de fruits dérivants à ta mère, tu dois faire offrande à Toumbo de ton chant, n'est-ce pas l'unique loi? N'est-ce pas là ce que doit accomplir tout Homli que la folie n'égare pas?

— Et les Dagans, Lao, qui les créa pour nous déchirer? A qui font-ils offrande de notre chair?

12

— Veux-tu donc me désemparer, Izahi, fils de mon savoir? Je suis un simple vivant. J'accomplis mes gestes de vivant, comme ils doivent l'être. J'apaise mon ventre au crépuscule, à la nuit je me couche sur la femelle qui veut de moi, quand renaît le soleil je prononce les paroles du Chant de l'Aube, jusqu'au soir je cours les prés, les rivières, les vallons, je sais l'art de fuir les crocs et les griffes, je jouis à l'heure juste de l'ombre paisible. Est-il manière différente d'être au monde? Izahi, tes questions sont des portes ouvertes sur des routes obscures. Elles m'effraient.

— Je ne les poserai plus.

— Elles te suivront partout, comme l'empreinte de tes pas. Prends garde, un jour elles te mordront les jambes, et tu saigneras. Fils aimé, pauvre fils, je ne fus jamais comme je te vois!

— Je veux être comme tu es. Allons en paix jusqu'à la nuit, Lao.

Izahi prend les mains du vieillard, les baise affectueusement, les pose sur sa barbe bouclée. Lao sourit à peine.

— Allons en paix, soupire-t-il.

Ils se lèvent, descendent vers le fleuve, se baignent longuement jusqu'à ce que le soleil s'embrase, à l'horizon, tête flamboyante sur le poitrail de la montagne. Alors ils s'ébrouent, se roulent dans l'herbe molle.

— Hâtons-nous, dit Lao. Toumbo ne va pas tarder.

Toumbo arrive. Un point vert sombre apparaît au plus haut des cieux vides. Izahi court vers la colline Sein-de-Maïni qui domine le long chemin d'eau, et Lao suit. Ils gravissent avec agilité la pente herbue semée de rocs. Le point céleste grossit à vue d'œil. Le voilà qui prend forme d'oiseau. Il grandit encore, emplit le ciel. On dirait qu'il explose au ralenti, avec une étrange grâce. Ses ailes ouvertes touchent aux horizons opposés. Les deux Homlis au sommet de la butte s'abandonnent à l'allégresse et dansent en riant. Toumbo est là, prodigieusement déployé sur l'ombre. Parvenu à trois hauteurs d'arbre, au terme de son voyage vertical, il se tient immobile et silencieux dans le ciel de Maïni comme s'il couvait l'œuf du monde. Sa tête est bleue, traversée de feu roux. Il semble tenir dans son bec effilé les derniers rayons du soleil. Son œil est un disque lunaire aux couleurs perpétuellement changeantes. Une pupille éclatante et noire apparaît par éclairs en son centre. Par brefs instants l'oiseau daigne voir, et son regard est d'une inaccessible sérénité. Le plumage de sa queue criblé d'étoiles se perd dans le vaste champ des tourbillons célestes. Le monde visible demeure tout entier sous la voûte de ses ailes multicolores et pourtant baignées d'or profond. De vagues fulgurations zèbrent l'air au-dessous d'elles. On dirait que tombent de son ventre de larges flocons de lumière. Il tangue comme un vaisseau majestueux sur le vaste océan du songe. Sa splendeur crépusculaire tient à distance la nuit noire.

Les Homlis le regardent maintenant avec respect, les mains sur les oreilles, car ils savent qu'il va bientôt s'ébrouer dans un fracas d'orage. Son bec se fend. Il crache un trait lumineux qui vibre longuement et perce la nuée soudain bouleversée. Au même instant, au centre de sa pupille noire, naît une flamme qui grandit, comme attisée par une bourrasque intérieure. L'œil prend feu bientôt et crépite, et rugit, astre en fusion, fournaise silencieuse qui fait trembler l'air alentour, le crible furieusement de sable rouge. L'incendie illumine la face des Homlis. Un halo incandescent d'une terrifiante beauté cerne la tête de l'oiseau. Il tend le cou, lève son bec d'argent vers le ciel noir. Des larmes de feu roulent et tombent de son œil, embrasent dans la nuit des touffes d'herbe qui se consument en un frémissement semblable à l'orgasme des hommes. Sa gorge tremble. Une musique monocorde, déchirante comme un long appel sans espoir naît de son tréfonds et monte cette fois vers l'inconnu. Voici que s'agitent ses ailes, faisant lever un vent violent. Les mille couleurs de son plumage se fondent en un pourpre vertigineux. Izahi et Lao s'accroupissent sur le sol, le front entre les genoux, les mains sur les tempes, et Toumbo, bouleversant les nues, soudain s'arrache à la contemplation des vivants, s'élève comme un trait divin, et le ciel à nouveau apparaît, et l'œil de feu bientôt n'est plus qu'une étoile mouvante que d'autres étoiles accueillent, là-haut, dans la prairie céleste.

Dans la nuit de Maïni que l'oiseau vient de quitter flotte à hauteur d'arbre une nuée de grosses bulles opaques et laiteuses qui tombent mollement à la rencontre des Homlis. Izahi le premier se dresse. Les fruits dérivants se balancent encore dans l'ombre, à peine visibles. C'en est fini du surnaturel point d'orgue. La vie reprend son cours ordinaire, comme si rien ne l'avait suspendu.

— Hop! Hop! Hop! chante Lao le vieil enfant, bondissant, joyeusement affamé, vers ces objets délicieux gorgés de chair délicate. Hop! Hop!

Partout sous le ciel étoilé des Homlis s'interpellent avec exubérance. Ils s'affairent tous à la récolte, les bras haut levés. Certains caracolent, des enfants sur leurs épaules ramassant par brassées la pâture odorante et légère. D'autres, par jeu, tentent de happer les fruits les plus bas, se bousculent, roulent sur l'herbe, embrassent à grands cris des femelles. Tous se hâtent pourtant car ils savent que dans deux heures il ne restera plus rien du jardin trop léger, évaporé dans l'air obscur et vif avant qu'il n'ait pu toucher terre.

Izahi, les bras chargés de vivres, dévale de la colline à grands bonds, court d'un groupe à l'autre dans la plaine, dévore avec ardeur son bien sans ralentir sa course, se laisse piller, en riant aux éclats, par une meute d'enfants, oublie Lao et cherche Illa, la belle Homli de Parole-de-l'Oiseau, le village de l'Ouest. Elle doit être déjà repue, à cette heure, en chemin vers sa hutte, escortée par quelques turbulents fanfarons, mélancolique peut-être de n'avoir pas rencontré le compagnon souhaité pour la traversée nocturne.

— Illa! Illa!

Izahi n'espère pas de réponse, courant vers l'Ouest. Il savoure son nom à voix puissante, plus qu'il ne l'appelle. Seul dans la nuit il sait qu'il ne peut longtemps poursuivre sa course sans danger. Il fait halte au pied d'un haut buisson de bambous. Des cris lointains d'Homlis lui parviennent avec une réconfortante netteté.

Il fait sans peine une nouvelle provision de fruits, qui naviguent à hauteur de visage. Fa l'attend, il doit aller vers elle.

Il va, contourne prudemment un massif d'arbres noirs et marche vers le feu dont il devine la lueur, loin au Sud, et qui brûle sur la place de Village-Premier, son village. Il songe encore à l'apparence ondulante d'Illa qui a su si bien l'émouvoir, la nuit dernière, sur la litière chaude de sa hutte. Il invente avec allégresse la route du pays paisible et son esprit vagabonde. Pourtant, Homli prudent, les sens affûtés, il demeure vigilant. Il n'a jamais encore couru devant un Dagan mais il a déjà vu quelques-uns de ces vivants, bipèdes comme lui mais étranges et terribles, aux dents acérées, aux griffes redoutables, à la peau rugueuse et verte, qui vivent, quand ils ne chassent pas, derrière les remparts infranchissables et lisses de la citadelle à la porte triangulaire, à l'Est extrême de la plaine. Izahi les imagine dans leur vaste repaire accomplissant des rites carnassiers, grimaçants, les crocs grinçants, sans paroles. Il ne peut pas haïr, car aucun Homli ne peut, mais il sait peupler l'inconnu d'images, s'en effrayer ou s'en réjouir. Il va, les bras chargés de fruits, il s'exalte et s'attriste tour à tour, boit l'air nocturne à longues goulées, guette l'ombre, sourit, pensant à Illa.

Il parvient au village à l'heure où l'on s'enferme. Autour de la place où crépite le feu les huttes rondes et silencieuses sont enroulées en spirale, accroupies comme une assemblée de vieillards empaillés. Une femelle attardée l'invite à partager sa nuit, à mots heureux et

17

simples. Izahi rit, baise la bouche offerte et dit, désignant son fardeau :

— Il faut que j'aille voir Fa. Je reviendrai.

Il traverse un deuxième cercle endormi. Au-delà, au bord de la rivière, sous un arbre au vaste feuillage, se dresse la hutte de la vieille mère.

Le seuil est dévasté, la porte brisée. Sur la litière ensanglantée, Fa est morte. Son corps est déchiré du ventre à l'épaule. Un Dagan est accroupi sur elle, comme pour l'acte d'amour. Izahi voit, et hurle.

**2**

« Il est repu », se dit Izahi stupidement, incapable de penser plus avant, emporté dans la nuit par ses jambes emballées. « Repu, repu, repu. Il ne me déchirera pas, ne me boira pas, ne brisera pas mes os. Il s'est rassasié de ma mère Fa, elle alourdit ses entrailles, un Dagan est enceint de ma mère Fa morte, la voici derrière moi qui me poursuit follement, dors, mère Fa, ne tourmente pas ton fils Izahi! J'ai mal à cette course qui m'emporte, j'ai mal aux buissons épineux, aux cailloux, aux collines, aux bois, aux ruisseaux. Ahi, mes jambes enragées! J'ai mal à Maïni qui traverse mon corps. Ahi le vent! Ahi les cymbales du monde! Comme il est long le rêve atroce! Arbres, regardez passer ma douleur! Je cours depuis un jour dont je n'ai pas souvenir et l'aube va sourdre de mes yeux déchirés. Roc vertical que mes mains étreignent, ouvre ton ventre rugueux, accueille-moi! Ahi les minéraux, bêtes muettes! »

La voix de son esprit tourbillonne, rebondit contre les parois de son crâne :

« Oseras-tu cogner à la porte gigantesque de la montagne derrière laquelle ruminent les énormes ventressoleils? La porte. Tu es à la Porte de Roc. La falaise, la nuit, le silence. Rien d'autre. Le froid rugueux. Rien d'autre. Comment une seule course a-t-elle pu te porter aussi loin? Tu es au bord de l'Au-delà, ce lieu est aussi redoutable que la citadelle Dagan, là-bas, à l'Est lointain. Reviens vers la prairie, Izahi, rejoins les terres familières. On dit chez les Homlis que les vivants d'ici ne parlent qu'à grands jets de poussière mortelle, ils sont vêtus de carapaces acérées, ils te guettent, lovés dans l'ombre des cavernes. Écoute le roc qui craque sous l'étreinte de leurs griffes. Ce pays est interdit aux vivants raisonnables. Ce pays n'est pas Maïni. »

« Fa, Fa morte, est-ce toi qui parles? Où es-tu? »

« Cours, répond la voix, laisse aller ton corps à la folie, aigu, tranchant, tu es la chair du vent. »

« J'ai mal, je cours depuis le fond des âges. »

« Dissimule-toi, la nuit est ton alliée. »

« J'ai mal, j'ai mal. »

« Que fais-tu quand la Longue Course te conduit au bois touffu? »

« Je m'habille d'herbes fauves comme mon poil, je me blottis sous les buissons, je ne respire plus, j'attends. »

« C'est bien, Izahi, c'est bien, dit la voix. Ne respire plus. Attends. »

Rien, ni vent, ni pas, ni griffe ne trouble le sommeil des branches. Le Dagan ne l'a pas chassé. Il est seul et vivant. Il s'abreuve d'air nocturne, seul et vivant. C'est fini. Voici l'accablement, avec la paix du sang.

Maintenant le jour vient. Izahi, d'une traite, a couru

plus droit et plus loin qu'aucun de ceux qui vivent aux villages Homlis. Seul avant lui Van, le vieux père de Lao, avait atteint la Porte de Roc, un jour de grande solitude. Il en était revenu amoureux de la mort. Le fils de Fa se souvient de ce midi de lointaine enfance où l'on avait vu le corps indécis de l'aïeul s'avancer vers le village dans la lumière vibrante de la plaine. Tous les vivants étaient allés au-devant de lui, en silence. Izahi aussi, sur le dos de sa mère. Il se souvient des paroles confusément échangées, à l'instant de la rencontre : « As-tu franchi la Porte? — Je ne sais pas. — La Vieille Histoire est-elle vraie? — Peut-être le sera-t-elle, à force de la danser. » Il se souvient des Homlis irrités par ces paroles énigmatiques, du ricanement puis des larmes de Van sur le chemin du retour, épuisé, désespéré, parlant à son fils Lao à voix rauque et presque inaudible. Et plus tard, beaucoup plus tard : « Que t'a dit ton père, Lao, ce jour-là? — Il m'a dit qu'il avait rencontré un Dagan à bout de forces, au pied de la montagne, et qu'il avait parlé avec lui. Il m'a dit de me souvenir de cela. — Parlé avec un Dagan? C'est impossible. Ton père délirait. — Il délirait. »

Van était mort le jour même de son retour sans avoir salué personne, ni l'Oiseau Toumbo ni son fils. « Moi aussi vais-je délirer, se dit Izahi, pour avoir collé mon ventre aux rochers du mont? Vais-je mourir sans mémoire, moi aussi? » Il ose risquer un regard hors du buisson qui le dissimule. L'aube rouge inonde le bois. Il tend l'oreille avidement. Nul n'est ici que lui, les arbres, les herbes, le jour. Il se dresse. Fatigues et douleurs accumulées embrument ses yeux, nouent ses nerfs et ses chairs. Un long frisson secoue son corps. Il enlace un arbre, pleure contre l'écorce. L'écorce baise sa joue lisse et mouillée.

Revenir à Village-Premier, danser la mort de Fa, au centre du cercle des huttes, conduire les brèves funérailles, tel est son devoir. Il va, faible comme un animal naissant, il sort du bois à pas indécis. Il ne dira pas qu'il a couru jusqu'à la Porte de Roc. On lui poserait des questions auxquelles il ne saurait répondre, et peut-être divaguerait-il, comme Van.

« La Vieille Histoire est-elle vraie, Izahi? »

« Je ne sais pas, je n'ai rien entendu, je n'ai rien vu que le caillou muet, rien éprouvé que l'angoisse noire. La Vieille Histoire apprise de Fa est-elle morte avec Fa, dites-moi? »

« Prends garde, tes questions un jour te mordront les jambes, et tu saigneras. »

« Ahi, les dents des buissons! La Vieille Histoire est la magie des Homlis. Si ma bouche la chante, elle respirera. Si mes pas rythment ses paroles, elle vivra. Elle me portera où je dois aller. »

« Alors, chante. »

« J'ai trop mal », gémit le corps d'Izahi.

Les mains sur les oreilles il titube, traversant les prairies de Maïni.

« Tu ne crois plus à la Vieille Histoire, fils. »

« J'y crois, mère Fa, dis-moi que j'y crois. »

« Ahi, que batte d'abord le pouls de la terre sous tes pieds. Han, han, Toumbo, Toumbo. »

— *Raah! Si tu veux entrer dans l'œuf de Toumbo*
*Frappe à la porte, Toumbo, Toumbo.*
*Les vivants de terre qui la gardent sont capricieux.*
*Ils envahiront peut-être ta gorge pour étouffer le fou*
*que tu es.*
*Ils ouvriront peut-être la porte de Toumbo, Toum-*
*bo.*

« Mal à la gorge, mal. Ai-je vu la Porte, entendu les
vivants de terre, cette nuit, au pied de l'œuf-montagne,
dis, mère Fa? »

« Hurle, Izahi, assourdis-moi! Je ne veux rien entendre
que le tonnerre sec de la vieille, vieille, Vieille Histoire! »

— *Raah! Si tu entres dans l'œuf de Toumbo*
*Tu verras une grande femelle blanche, Toumbo,*
*Toumbo.*
*Les vivants d'eau qui la gardent sont imprévi-*
*sibles.*
*Ils noieront peut-être le fou que tu es.*
*Ils ouvriront peut-être les jambes de la grande femelle*
*blanche, Toumbo, Toumbo.*

« Si me vient un Dagan à l'instant je ne le verrai pas,
je ne l'entendrai pas mais peut-être sera-t-il bouleversé
par la tempête à l'œuvre dans mon corps et prendra-t-il
la fuite, han, han, Toumbo, Toumbo. »

— *Si tu entres dans la grande femelle blanche*
*Tu verras un jardin délicieux, Toumbo, Toumbo.*
*Les vivants d'air qui le gardent sont fantasques.*
*Ils emporteront peut-être le fou que tu es.*
*Ils ouvriront peut-être le cœur de l'arbre rouge,*
*Toumbo, Toumbo.*

*Si tu entres dans le cœur de l'arbre rouge*
*Tu verras un œuf de Toumbo, Toumbo.*
*Les vivants de feu qui le gardent sont aveugles.*
*Ils dévoreront peut-être le fou que tu es.*
*Ils ouvriront peut-être la porte de Toumbo, Toumbo.*

Là-bas, très loin, les huttes de Village-Premier sous le soleil matinal. Là-bas le fleuve.

« Vieille et puissante Histoire, porte mes membres jusqu'à la paix! »

Izahi rit et pleure. Sa voix tendue appelle à l'aide l'horizon familier.

*— Raah! Si tu entres dans l'œuf de Toumbo*
*Tu verras une grande roue lunaire, Toumbo, Toumbo.*
*Les vivants sans contours qui la gardent ne se préoccuperont pas de toi.*
*La grande roue lunaire écrasera peut-être le fou que tu es.*
*Elle t'emportera peut-être dans le désert de neige, Toumbo, Toumbo.*

« Ce point brun qui court vers moi parmi les herbes hautes, c'est Lao. Ce ne peut être que Lao. Lao, je suis vivant! Écoute le roulement de la magie qui me ramène des ténèbres! »

*— Si tu entres dans le désert de neige*
*Peut-être regretteras-tu le cercle des huttes et la chaleur des femelles Homlis, Toumbo, Toumbo.*
*Car tu devras errer solitaire jusqu'à trouver la paille et le bois, Toumbo, Toumbo,*

*Le silex et la liane, Toumbo, Toumbo,*
*La vigueur et la patience, Toumbo, Toumbo,*
*Pour construire la porte du pays paisible aux confins*
*du désert de neige,*
*Du désert de neige plus vaste que ta vie.*

— Lao!

Izahi, pour mieux lancer son cri, s'arrête et s'arc-boute sur la plaine, tend les bras en avant. Il attend le vieil ami qui vient vers lui, à longues foulées. Les voici face à face. Ils se regardent un moment, tous deux essoufflés, tous deux douloureusement éblouis par le silence et le soleil. Puis Lao prend l'adolescent aux épaules et le serre longuement contre lui en poussant de petites plaintes de vieillard désemparé.

— D'où viens-tu? dit-il.

— Fa est morte. J'ai vu le Dagan. Je crois qu'il m'a poursuivi.

— Poursuivi, jeune fou?

— J'ai couru toute la nuit. Je ne sais où. Je me suis égaré.

Tous deux savent qu'un Dagan vainqueur ne court jamais une deuxième proie, et qu'un Homli ne s'égare pas, à moins d'être un enfant inculte et sans mémoire. Lao pose ses mains sur la tête d'Izahi, essaie de dissiper l'ombre qui tout à coup efface l'éclat de leur regard, les désunit.

— Laisse-moi, je suis fatigué.

— Viens, dit enfin le vieillard. Les os de Fa sont dans la cage de l'Amour Noir. Depuis l'aube, tout le monde t'attend.

Ils vont parmi les buissons bas et les arbres, le long du vaste pré qui précède les huttes. Quelques Homlis postés en sentinelle, à l'orée du village, viennent vers eux, les entourent, courent à leur côté, annoncent leur venue, à longs cris aigus. Un enfant caracolant s'accroche au bras d'Izahi.

— As-tu vu les vivants de terre? demande-t-il effrontément.

— La paix, dit sèchement Lao. Cours devant.

Par un étroit chemin herbeux bordé de huttes désertes ils parviennent sur la place du village. Ils sont tous là, debout, en cercle silencieux, les mâles adultes, les femelles, les enfants. Izahi s'avance seul vers la cage de l'Amour Noir. Elle est posée au centre du village, au centre de la place, au centre de la ronde, au centre du monde. Elle est faite d'une petite pyramide de branches à claire-voie posée sur une natte de lianes grossièrement tissée. Sur cette natte gisent les restes sanglants de mère Fa, entourés de petits cailloux blancs. Izahi les regarde sans horreur à travers la ramée ensoleillée. Il n'est plus fatigué, il n'a plus peur, il n'est plus celui qui courut à la Porte de Roc comme un animal emballé. Il est un Homli devant les os rouges de sa mère, qui dit simplement les paroles nécessaires :

— Fa, petite étoile, je vais danser ta mort. Je vais faire avec toi l'Amour Noir. Que Toumbo aspire ta jouissance. Que Toumbo emporte ta jouissance. Que Toumbo fasse de ta jouissance une feuille d'arbre dans un jardin du pays paisible.

Les Homlis assemblés entonnent un chant monocorde

et puissant qui s'élève, voûte close, invisible, ventre
sonore enchâssant la place, la cage et Izahi dont le
visage est impassible et les yeux sans lumière. Il s'accroupit, pose ses lèvres sur chaque branche de la litière
funèbre, tourne à pas strictement mesurés autour des
ossements de sa mère, face à elle, les bras ouverts. Puis
il écarte les jambes à petits coups saccadés, jette durement son corps en arrière, oscille d'un pied sur l'autre,
décrit une lente spirale autour de Fa gisante. Le chant
déferle comme les vagues de la mer, l'enveloppe et
l'abandonne à son rythme, l'aspire et le tient debout.
Sur une plage d'éternité Izahi danse autour de la mort.
Il ignore tout d'elle. Il accomplit les gestes coutumiers,
se laisse aller à la danse obscure. Il tient une planète
chaude prisonnière derrière les portes closes de ses
yeux, elle roule entre les murs de son crâne, bat contre
ses tempes, il la contemple, la polit, la savoure, la
caresse, il la baise avec une tendresse exaltée qui lui fait
pousser des gémissements d'enfant ensommeillé, et la
planète chaude jouit, explose avec une infinie reconnais-
sance et se dissout et disparaît. Ne reste que l'ombre
vide derrière les yeux d'Izahi. Son corps tourbillonnant
et somnambule l'a conduit du centre de la ronde à sa
lisière et de la lisière au centre de la ronde. Il tombe là,
face contre terre, les bras en croix. Il n'entend plus le
chant qui reflue, rentre dans les poitrines et meurt.

Alors les enfants brisent le cercle, quelques femelles
s'éloignent vers les huttes, d'autres accompagnent les
Homlis qui vont au fleuve, par petits groupes, ou vers
les prés aux pentes douces. Ils abandonnent Izahi,

abattu dans la poussière. Le soleil monte au plus haut du ciel.

A l'heure où l'ombre désigne l'Est le fils de Fa renaissant se dresse à grand-peine sur ses jambes, regarde un instant les couleurs du jour, la terre foulée, la cage de l'Amour Noir. Il tend vers elle ses mains, l'étreint, la soulève très lentement à bout de bras, la pose sur sa tête et s'éloigne à pas attentifs, comme s'il craignait que le moindre grincement de branche nouée n'éveille la dépouille de sa mère. Il traverse le village désert, va vers la colline Sein-de-Maïni, au bord du fleuve, gravit la pente herbue, s'agenouille au sommet, dépose son fardeau sur un buisson d'épines.

Là-haut l'accueillent le ciel et les horizons limpides. Maïni lui chante ses musiques subtiles. Très loin au Sud, dans la lumière vibrante, la plaine rencontre les marécages peuplés d'insectes gris. Au fond de l'Est le fleuve à peine distinct baigne le rempart noir de la citadelle Dagan et disparaît au-delà, dans les rides du désert rouge. Aucun Homli vivant ne courut jamais ces terres. Aucun non plus ne fut jamais, à l'Ouest, au-delà de la Porte de Roc, ni de l'étouffante forêt-monstre qui règne sur l'horizon du Nord. Izahi debout rêve à ces lointains inhabitables, son esprit se perd dans une brume opaque et froide. Il frissonne, il s'effraie. Alors ses yeux ouverts revenus à Maïni appellent les sept villages semés par les vallons de la grande prairie.

Dans chacun d'eux il connaît des visages, des sexes, des voix. A Parole-de-l'Oiseau demeure Illa, son amie chaleureuse et bonne. A Geste-de-l'Arbre, à l'orée de la forêt du Nord, il a jadis vécu quelques semaines en compagnie de Ral, un Homli simple, farouche et savant qui préfère la fréquentation des arbres à celle de ses semblables. A Roseau-sous-le-Ciel, le village du Sud, il fit pour la première fois l'amour avec une femelle experte et douce qui fut dévorée quelques nuits plus tard, après une Longue Course d'un jour entier. A Figure-de-Sable il aime trois Homlis d'une passion joyeuse : Lans, Bal et Cori. A Grands-Signes, au bord du fleuve, il fut souvent accueilli avec tendresse quand il était enfant : c'est là que naquit Lao. Plus loin, du côté de la Porte de Roc, muraille bleue à cette heure du jour, une vieille femelle hallucinée vit seule parmi les huttes abandonnées de Caillou-du-Milieu, enfouies dans les très hautes herbes d'une île sur le fleuve. Il a visité une fois cette vivante sans nom qui fut prise dès qu'elle le vit de transe prophétique et lui prédit, à mots obscurs mêlés d'obscénités, le destin des trouveurs de feu. « Que sont les trouveurs de feu, Dame-sans-Nom? » Elle répondit d'un long crachat dans l'eau.

Au pied de la butte, des enfants jouent sur une plage de galets. Izahi écoute un instant leur bavardage innocent, leurs rires, leurs cris. A Village-Premier, assis contre un muret de branches, Ban, qui fut deux fois poursuivi ces jours derniers, prépare des lianes. Sans doute va-t-il réparer la porte brisée de la hutte de Fa. Il est seul et paisible parmi les demeures désertes. De l'autre côté du village, de petits groupes d'Homlis, dans le pré, à l'ombre des arbres, parlent et paressent. Deux Dagans venus des vagues vertes de l'Est courent sans hâte vers eux, les croisent à brève distance. Nul ne bouge, malgré l'alarme qui éveille les muscles. Chacun sait qu'il est des heures du jour où les Dévoreurs ne sont pas dangereux. Ceux-là passent, inquiets, vaguement voûtés, comme s'ils étaient eux-mêmes effrayés par quelque vivant invisible et terrible. Izahi, sur la colline, le cœur serré, les regarde s'éloigner vers la Porte de Roc, puis disparaître au détour d'une butte. Il pense à Van, qui mourut fou.

Il n'entend ni ne voit approcher Lao et Illa, tant il rêve loin. Il découvre tout à coup près de lui leur visage contre le ciel. La jeune femelle pose furtivement ses lèvres sur son épaule, lui prend la main, l'invite à s'asseoir dans l'herbe drue.

— Lao pense, dit-elle, qu'il est temps pour toi d'avoir un fils. Je serai sa mère, si tu veux.

Izahi sourit, béatement.

— Un fils?

Illa est ainsi, simple, limpide et chaude. Le jeune Homli la regarde longuement, se laisse submerger par une vague de lumière irréelle et palpitante, berce un instant dans sa tête un impalpable enfant qui grandit, devient Illa, Illa couchée au milieu de sa hutte, les bras ouverts appelant l'amour, et la vague déferle et l'emporte et le soleil se fend et le visage d'Illa apparaît à nouveau près de lui, près de Lao sur la colline au bord du fleuve, dans le vent léger venu du Nord.

— Si je dois avoir un fils, il n'habitera jamais plus belle maison que ton ventre.

Izahi a parlé avec douceur et mesure. Son trouble est

30

resté secret. Il s'allonge, la tête posée sur la cuisse d'Illa. Passe le temps.

— Cela te ferait du bien. Cela te ramènerait vers nous, peut-être, dit Lao.

Izahi se dresse, presque agressif.

— Pourquoi dis-tu cela?

— Parce que tu es lointain. Trop lointain.

— Je n'ai plus l'âge des réprimandes. Ne me tourmente pas, Lao.

Le vieillard s'obstine avec une inébranlable douceur.

— Je ne sais plus sur quel chemin va ton corps. Ne me regarde pas ainsi. Je suis un Homli qui désormais ne veut plus rien savoir des orages. J'ai aimé ta mère Fa au temps où tes jambes ne te portaient pas encore. Je t'ai aidé à grandir. Je t'ai appris comment ton père était mort mangé par les marécages du Sud, au bout d'une Longue Course sans espoir. Espoir, Longue Course, pièges, passage de la mort, je t'ai enseigné le sens de ces mots, je t'ai patiemment éveillé. A l'âge où la lampe s'allume derrière le front, je t'ai dit mon savoir. Aujourd'hui, que reste-t-il de tout cela? Poussière et fatigue. Enfant de Fa, je ne distingue même plus ma présence dans ton esprit.

— Et moi je ne comprends rien à tes paroles, répond Izahi, le front bas.

— Lao te trouve un peu fou, je crois, chantonne la voix menue d'Illa.

— Il parle comme une vieille femelle exigeante et plaintive. Je sais quelles questions le travaillent. Ses détours m'irritent.

Lao se lève alors et dit, sèchement solennel :

— Où étais-tu, la nuit dernière? Pourquoi as-tu couru? Qu'as-tu fait, jeune Homli?

Debout, les bras croisés sur la poitrine, il attend. Il n'est plus temps de jouer aux phrases. Le vieillard, au nom de sa tendresse, exige le difficile dépouillement du cœur. Paroles et gestes vont devoir aller nus. « Voilà l'amour brut », pense Izahi. « Il faut que je le paie d'une vérité dure. »

— Hier soir, dit-il, quand je suis entré dans la hutte de Fa, le Dagan m'a regardé. Ses yeux étaient semblables aux nôtres. Ses griffes étaient sanglantes. J'ai été pris de terreur.

— Tu savais pourtant qu'il était rassasié, et ne te poursuivrait pas.

— Je savais. Je n'ai pas fui devant un Dagan mais devant la peur de la mort. Je ne veux pas mourir.

Illa rit.

— Aucun Homli ne veut, dit-elle. Pourquoi mourir, s'il n'est pas l'heure?

— Tu ne comprends pas.

Izahi prend une longue inspiration, se campe face à Lao et le regarde droit.

— Je n'accepte pas la mort. Elle me fait horreur. Elle m'effraie tant que, si je la rencontre, je me battrai peut-être contre elle.

— Lao, que dit-il? murmure Illa.

— Il dit, répond le vieillard, que quelque chose en lui ne croit pas à l'Amour Noir, au pays paisible, à la bonté de Toumbo. Il dit qu'il ne veut pas du destin des Homlis, et qu'il ne connaîtra jamais la paix. Il dit qu'il se battra contre la mort. Ce sont des paroles de fou.

— Je ne suis pas fou, Lao. Tu ne m'as jamais dit que nos Longues Courses fuyaient la mort. Je l'ai découvert seul, la nuit passée.

— On m'a appris, dit Illa, que ceux qui courent la Longue Course s'efforcent vers l'amour du soir, vers un nouveau sexe d'Homli, après l'heure des fruits dérivants. Et si l'on tombe sous la griffe, on change de route, voilà tout. On va vers le ciel de Toumbo.

— Je ne sais plus. Je suis sans courage et sans joie. Pardonnez-moi.

— Écoute-la, Izahi, elle est sage.

— Je souhaite qu'elle m'apaise. Ne t'inquiète pas pour moi, Lao.

— Aucun Homli ne m'est plus cher que toi. Je voudrais voir clairement dans ton esprit mais je ne peux, et cela m'attriste. Aucun vivant de notre race ne s'est jamais révolté devant la mort, la simple mort.

— Suis-je vraiment stupide, dis-moi?

— Ton visage ne dit pas que tu l'es. Tu as vu les yeux du Dagan semblables aux nôtres?

— Oui.

— Mon père Van aussi. Il me l'a dit avant de mourir. Peut-être es-tu un trouveur de feu, après tout. Peut-être la Dame-sans-Nom de Caillou-du-Milieu a-t-elle dit vrai.

Lao s'en va, le front soucieux, après avoir baisé chaque branche de la cage de l'Amour Noir. Illa fait de même.

Puis, à l'instant de dévaler la pente de la colline, elle se retourne et dit :

— Ce soir je t'attendrai devant ma hutte.

Izahi reste seul. Le vent fraîchit. Le soleil embrase la Porte de Roc et tombe lentement dans le lointain pays de la Vieille Histoire. Les Homlis s'assemblent sur la plaine crépusculaire, par groupes allègres. Toumbo apparaît au sommet du ciel, grandit, déploie ses ailes de géant multicolore et bienfaisant. Maïni frémit, l'accueille, Izahi tend les bras vers l'oiseau prodigieux, cherche désespérément à se perdre dans la contemplation de son œil, planète insondable, de sa tête de feu bleu, de son plumage d'or incandescent déployé jusqu'aux horizons. Il est seul devant son dieu. Il l'appelle et nul n'entend sa voix fluette.

Il veut rejoindre les siens au bord du fleuve. A mi-pente, un Dagan silencieux surgit de l'ombre. Les deux vivants se devinent, se découvrent, restent un court instant pétrifiés, face à face, comme pour saluer l'arbitre invisible du jeu de mort qui va les emporter. Puis Izahi pousse une épouvantable clameur et s'élance vers le Sud, vertigineux, vidé de cœur.

Au-dessus de lui bougent les immenses ailes de Toumbo, faisant lever un vent violent. Le bec d'argent se dresse, appelle le ciel. L'œil, traversé de braises et de nuées, pleure des larmes enflammées qui tombent dans la nuit, incendiant des buissons et la cage de l'Amour Noir, et les ossements de Fa, sur la colline Sein-de-Maïni.

# 3

Izahi détale, éventre les eaux, traverse le fleuve. Le ciel est tout entier dissimulé par les ailes déployées de l'Oiseau Toumbo. Son plumage incandescent baigne Maïni de pourpre et d'or fauve. Des cris d'Homlis, du côté de Figure-de-Sable, saluent les métamorphoses du Bienfaisant. Des enfants dansent dans la nuit rouge. Les chants lointains, les rires pointus traversent le corps emballé du fils de Fa comme des dards de glace et pourtant il se sent impalpable, prisonnier d'un songe étrange sur une planète en sang, à jamais séparé de ses semblables. Toumbo pousse une longue plainte flamboyante, s'arrache à son épouse fertile et douce, le vent tourbillonne, rugit, l'oiseau souverain s'élève, se dissout au fond du ciel, disparaît, et voici le soir paisible, les astres muets, la brise. Illa s'assied devant sa hutte, à Parole-de-l'Oiseau.

Dans la nuit étrangère un fruit dérivant s'écrase contre la poitrine d'Izahi, se désagrège, part en lambeaux au vent sifflant, effleure le front du Dagan, s'évapore. Quelques grains de poussière blanche poudrent les empreintes mêlées. Droit devant brille une lueur semblable à une étoile tombée. C'est le feu central de Roseau-sous-le-Ciel. Là-bas la paix.

« Passe au large, Homli, passe au large, les Longues Courses doivent éviter les villages. »

« Ne m'abandonnez pas, vivants », gémit l'esprit du fou d'effroi.

Et la voix sans visage :

« Dagan parmi les huttes, huttes bouleversées, déchirement des couples amoureux, terreur des enfants impuissants, pourrissement des feux, tempête injuste. »

« Ne m'abandonnez pas! Secours, murs solides, abris secrets, cohue, cris, fuite des corps vers les cent horizons, salut solitaire, à l'aide, vivants! »

« Au large, insensé, et ne prononce jamais ces paroles obscènes, si tu survis. Elles te dévoreraient à peine sorties de ta bouche. »

Bond oblique. Noir partout sur la plaine. Un rameau d'arbuste échevelé cingle le front d'Izahi, cingle les yeux du Dagan qui râle et halète et perd trois pas. Cette forme indistincte qui fuit devant lui, c'est sa vie — un Homli sans expérience : il court aux marécages. Avant l'aube il tombera sur les genoux, dix griffes dans les épaules. Il baissera la tête et attendra la mort, comme ils font tous. Arrachement des chairs comestibles. Soleil. Lent retour à la citadelle, le dos ployé sous la récolte rouge. Franchissement de la porte triangulaire. Meute d'enfants affamés. Vieillards sur les terrasses. Distribution des vivres. Repas. Long repas. Bain dans le fleuve. Sommeil. Femelle repue sur les dalles d'une chambre à ciel ouvert.

Illa mélancolique lasse d'attendre s'endort assise devant sa porte, la tête dans ses bras croisés, bercée par les conversations paisibles, les rires étouffés, les ronflements, la vie nocturne des huttes aux litières chaudes. Balaha la mère première allume son fagot d'or dans la lune, une vieille femelle la salue, errant par le village, et, la tête levée, les bras ouverts, entonne à voix chevrotante le Chant du Soir :

— *Je suis Balaha-de-la-Lune, née de l'Arbre Fendu et de la Fontaine Blanche au premier crépuscule de Maïni, m'entends-tu, Fils-Choisi-Parmi-Mes-Songes?*

*» Approche plus près, sorcière nouée, répond Celui-Qui-Rit-En-Dormant, mes oreilles sont des portes de lianes, je n'entends que roulements de vagues amoureuses!*

*» Je suis Balaha-de-la-Nuit, l'Oiseau Toumbo souffla dans mon fondement et Village-Premier tomba de ma bouche ouverte, et les premiers Homlis jaillirent de mes mamelles douloureuses parmi le lait impétueux, me reconnais-tu, Fille-Aimée-Pour-Sa-Candeur?*

*» Approche, approche encore, sorcière nouée, répond Celle-Qui-Chérit-Ses-Rêves, mes yeux sont des feuilles bleues, je ne distingue que de longues brumes parfumées et caressantes!*

*» Je suis Balaha l'errante qui s'en fut au ciel sur l'échine d'un essaim d'abeilles poursuivre Toumbo mon amant froid dans la forêt des étoiles, m'aimez-vous, Fils-Choisi-Parmi-Mes-Songes, Fille-Aimée-Pour-Sa-Candeur?*

*» Descends, descends plus près de nous, sorcière*

*nouée, répondent Celui-Qui-Rit-En-Dormant et Celle-Qui-Chérit-Ses-Rêves, nos corps sont des arbres juteux, par nos langues unies, par nos membres agiles, nous n'éprouvons que volupté bienfaisante!*

Alors la vieille chanteuse errante rit sur la place de Parole-de-l'Oiseau car Balaha la vieille radoteuse que ses enfants raillent s'arc-boute contre la paroi de la lune, la fait rouler sur le chemin du ciel, souffle, sue, ahane, gronde, n'arrivera jamais avant l'aube à rejoindre ses fils heureux sans elle, pauvre maudite, voyageuse pâle et dérisoire dormant le jour à bout de forces et la nuit besognant, condamnée à l'éternel appel sans réponse.

Un rayon de lumière jaune baigne la main d'Illa endormie frissonnante et courbatue. Elle rêve qu'elle écoute un battement de cœur accablé dans un désert de sable dur et craquelé, de-ci de-là peuplé de pieux étrangement sculptés, aux ombres longues. Puis elle aperçoit Izahi au fin fond du songe, à l'horizon vaguement lumineux, hurlant, courant vers elle. Elle le voit grandir, grandir jusqu'à distinguer chaque goutte de sueur dans sa fourrure, chaque grain d'écume au coin de sa bouche, chaque veinule rouge dans le blanc de ses yeux. Son galop déferle sur elle, l'aveugle, la déchire, s'éloigne, elle gémit dans son sommeil, le désert disparaît, seuls demeurent les pieux maintenant chevelus fichés dans une eau immobile et noire. Là-haut Balaha frappe du pied contre le plancher de la lune, le battement de cœur s'affole, le plancher de la lune grince, craque, se fend, une épaisse vapeur d'encre s'insinue par la fente, envahit l'astre, Balaha tombe dans le vide, elle grimace, elle plane, jaune, décharnée, au-dessus des eaux bourbeuses, elle chevauche Izahi qui court vers l'Est sur un pont de bûches sculptées, elle flatte son encolure de sa large main transparente, elle l'éperonne de ses orteils pointus, elle lui parle à l'oreille : « va, mon petit, va, mon fils, plus vite, tu es en retard au rendez-vous, le Dagan t'attend, il s'impatiente », et Illa halète, ouvre démesurément la bouche, pousse un cri qui la réveille à Parole-de-l'Oiseau, cherche Izahi auprès d'elle, l'appelle.

Il court dans une contrée sauvage et grise hérissée de touffes d'arbustes vigoureux qu'il tente de s'allier, bondissant d'ombre en ombre, feintant les branches sveltes, côtoyant des fondrières obscures dans lesquelles trébuche parfois le chasseur obstiné sans jamais perdre de vue sa proie que la lune cerne. Le galop d'Izahi crépite sur une plage de galets, fouette les herbes sèches sur la terre sableuse, fait voler une flaque en éclats, exploser les buissons à peine effleurés. Le galop du Dagan crépite sur les galets, brise une branche morte, fouette les herbes, évite l'assaut des buissons éclatés. Ensemble ils vont tant que la nuit dure, franchissent des ruisseaux sur des gués imprévisibles, éveillent des caillasses depuis des siècles endormies sur des pentes branlantes, plongent dans des fourrés-pièges, cabriolent, bondissent à l'aveugle dans des fanges dissimulées sous des mousses trop grasses, s'arrachent aux cloaques, s'agrippent aux lianes, s'envolent, atterrissent sur des rocs déchirants, rusent parmi des talus ravinés, filent sur des plaines rases, effrénés, acharnés, épuisés enfin, assaillis par une nuée molle, opaque, puante : les insectes. L'ombre longue d'un tronc d'arbre pourrissant, convulsé, désigne le chemin des marécages. « Je suis perdu, se dit Izahi. Perdu. » Ce mot tombe comme un caillou dans son corps sans fond galopant lourdement sur le désert de sable dur vers la mort de son père Souan avalé jadis par la boue, là-bas où brillent des langues d'eau sous le feu froid de la sorcière. Izahi ivre de douleur et de fatigue rugit à la lisière du marais, Izahi appelle à voix forte Souan qu'il n'a jamais connu :

— Souan, fais-moi place, nous allons rouler ensemble dans l'œil de la lune, solitaires et maudits comme Balaha, oubliés des vivants et de Toumbo! Balaha, femelle aux seins vides, je te donne ma chair, dispute-la au Dagan, que ta chevelure d'algues dévore ses yeux, qu'elle emplisse sa bouche et le noie, que tes larmes froides fassent éclater son ventre, que tes mains osseuses nouent ses entrailles! Je ne veux pas de sa salive sur ma nuque, de ses griffes dans mes flancs, je veux garder mon sang, tout mon sang dans mon corps fermé, ahi mes jambes qui ne veulent plus vivre! Ahi Balaha! Balaha!

Le Dagan est là, dans l'ombre, à quelques pas, à bout de forces lui aussi, circonspect, surpris par cet Homli qui ne se résigne pas au silence, comme il devrait, hésitant à bondir sur une proie qui ameute la nuit. Izahi tombe, se relève, dérive, écoute un souffle rauque, écoute des pas indécis dans la boue, trébuche, enlace un long roseau sec, ferme les yeux, glisse à terre. Le roseau ploie.

— Raaah!

Le Dagan tombe sur lui et ne bouge plus. Izahi noué attend la mort. Le visage du Dagan est contre le sien, comme pour un baiser fraternel, mais sa bouche reste close. Ses mains le tiennent aux épaules mais ses griffes ne s'enfoncent point. Izahi entend une longue plainte d'agonisant mais elle ne sort pas de sa gorge. Il bouge, se dégage avec horreur du poids qui l'écrase.

Il regarde. Le bambou brisé a traversé le corps du Dagan. Il saigne et va mourir. Il ouvre les yeux, tend à grand-peine la main. Le fils de Fa recule d'un pas.

— Écoute. Je m'appelle Sath. La reine doit savoir. Je m'appelle Sath.

Le Dagan a parlé. Sa main retombe dans la boue.

Izahi, égaré, aveuglé par les larmes, la fange, la sueur, tente de tenir à distance la folie qui l'assiège, se laisse choir, tremble, claque des dents, bégaie :

— Sath. Sath.

— La reine doit savoir, répond le Dévoreur dans un souffle moribond.

Au milieu du ciel une vapeur d'encre envahit la lune. De lourdes nuées tanguent au-dessus des eaux immobiles. Au bord du grand marais luisant deux corps sont étendus. L'un ne respire plus. L'autre est abandonné au délire noir d'un songe semblable aux vertiges des morts.

Le jour éveille Izahi. Des millions d'insectes humides besognent dans sa fourrure et le brûlent. Jusqu'à ce que le soleil ait dissipé les brumes de l'aube il ne peut bouger tant il est meurtri. Dans la lumière blessante il renoue lentement ensemble sa chair fiévreuse et son esprit encore halluciné par des relents de rêves terrifiants. Puis il remue lourdement, à grands efforts revient au monde, découvre le Dagan empalé sur le bambou fendu. Un instant il ne sait si un démon l'abuse ou si ce mort étrange est bien là, dans cette lumière, sur ce désert en lambeaux parcouru d'eaux molles. Il s'enhardit, tend la main, effleure son épaule. La peau verdâtre est à peine ridée. Il l'imaginait écailleuse.

Méditant il s'accroupit, les poings sous le menton. Le Dagan est couché sur le flanc, la tête rejetée en arrière. Le pieu est fiché dans sa poitrine. Ses mains l'étreignent si fort que les griffes ensanglantent les paumes. Des bandes de minuscules vivants vont et viennent par sa bouche ouverte, explorent le visage imberbe parmi le sang et la boue, les rides fines au coin des yeux clos, les paupières aux longs cils noirs, le nez mince et droit, le front vaste, le crâne rond et lisse. Nulle trace de fourrure sur ce corps aux muscles saillants. Effrayante nudité de Sath.

— Sath.

Une violence singulière envahit Izahi et l'échauffe. Lui revient en mémoire la lune tourbillonnant dans le ciel tandis que les deux mains agrippées au long roseau gluant il sombrait en hurlant dans le vide noir. Instant d'abominable éternité. Fond du gouffre. Cauchemar. Remontée lente.

« Moi seul reviens à la lumière, Lao, Illa, moi seul

vivant. Il s'appelait Sath. Il fut cloué par un bambou allié. »

« Izahi, que signifient ces paroles? Tu délires. »

« Je délire? Regarde. »

— Regarde!

Il rugit et se dresse. Quelque chose en lui se consume, dévaste la grâce et la beauté, exalte la vigueur, affole le regard. Furieusement il arrache le pieu du corps exsangue, il le fait tournoyer au soleil.

— Frère roseau, roseau plus terrible que les griffes du Dévoreur, celui qui a feinté la mort te salue!

Il le contemple avec passion, le lave dans une flaque d'eau, l'essuie, le caresse un instant, le saisit fermement dans son poing aux ongles ras et s'en va.

Il est joyeux et bouleversé. Jamais un Dagan ne mourut ainsi au terme d'une Longue Course. Jamais aucun Homli n'entendit l'aventure que Lao le doux inquiet écoutera ce soir devant le feu de Village-Premier.

« Que diras-tu, Lao? Tu diras : cela ne peut pas être. Je dirai : cela fut. Tu diras : fils insensé, fils insensé. Tu hocheras tristement la tête. Je dirai mes hurlements, mon effroi, ma rage. Je dirai : je suis vivant par ce roseau pointu. Alors tu me regarderas en pleurant comme un Homli qui sent l'amour s'éteindre. J'aurais dû mourir paisiblement, je le sais. J'aurais dû tomber et attendre. J'ai trébuché, le Dagan a saigné sans que je le veuille, Lao. Il s'appelait Sath. Il m'a parlé. J'aurais dû fuir, oublier, te raconter comment j'avais égaré un vieux chasseur du côté des marécages, pour ma première Longue Course. Tu m'aurais serré dans tes bras. Tu aurais été fier de moi. Tu aurais raconté l'exploit à tes amis, sous les arbres de la prairie. Mais voilà que je reviens avec un bâton qui connut le sang. Tu as peur, tu ne comprends rien à mes paroles, à mes gestes, à mon bonheur. Ton aveuglement m'impatiente, vieux père. Aime-moi donc avec l'acharnement des vrais vivants. J'ai vécu de ta bonté, de ton savoir, de ta tendresse claire. Je t'aurais perdu sans ce roseau miraculeux. Regarde-le : il fut meurtrier pour mon salut. Pour ma vie, Lao. N'as-tu pas de goût pour ma vie? N'aurais-tu point pleuré devant mes ossements, malgré ta sagesse? Tu aurais pleuré. Tu aurais désespéré. Tu aurais connu le désert sans oasis. »

« Izahi, jamais aucun Homli ne fut ainsi obscur, violent. »

« Je le sais, Lao. Ouvre-moi tes bras. Je suis sauf. Sois heureux. Désormais je ne subirai plus la chasse sans révolte. Je me battrai. »

« Izahi, jamais aucun Homli ne livra bataille. »

« Vois, Lao, j'ai trouvé des griffes. »

« Izahi, fils enfui de mon cœur, tu n'es donc plus un Homli. »

« Lao, peu m'importe qui je suis. Je vis sur la terre de Maïni. J'aime les fruits de Toumbo, l'ombre des arbres et l'eau du fleuve, j'aime tes paroles paternelles et la joie de mes compagnons, j'aime suivre mon sang jusqu'au bout des labyrinthes amoureux, j'aime les femelles infatigables et douces, j'aime Illa la vive. Que l'on m'appelle donc Izahi le Vivant Obstiné, fils de toutes les racines, fou de tous les soleils du Temps! »

Il fouette l'air de son roseau, le lance au ciel et le rattrape à deux mains. Le voici courant dans l'herbe drue, parmi les buissons et les arbres aux belles têtes. Au loin, quelqu'un l'interpelle. C'est Cori, son ami de Figure-de-Sable. Avec lui vont Lans et Raï, Bal et Sani le bavard. Ils rejoignent Izahi, l'embrassent, le prennent par la main, l'entraînent puis lui font escorte. Izahi va devant, le bâton dans le poing. Le soleil sur le fleuve l'éblouit.

Le long du marécage, deux Dagans emportent Sath le troué.

# 4

Dans les entrailles de la citadelle, au-delà des caves sonores, des puits et des cavernes au sol moelleux, il est, dans une muraille rude et basse, une déchirure que ferme une lourde porte de bois brut. Devant elle un vieux Dagan médite. Il est vêtu d'une longue robe triangulaire et chaussé de sandales d'écorce. C'est le bibliothécaire Chilam. Rambo son enfant muet au regard plus profond que mille soleils noirs le contemple avec passion. Il tient une torche dans sa main droite qui tremble un peu, et tremble l'ombre de son père sur la paroi de roc.

Passe un instant de veille silencieuse semblable à l'affût des chasseurs, puis Chilam franchit le seuil. Son fils le suit, portant le feu. Les voici dans une salle de pierre à trois angles, strictement nue et pourtant émouvante comme un tombeau de géomètre céleste. Par une cheminée ronde percée au centre du plafond la lueur lointaine du jour tombe en poudre pâle. Elle éclaire pauvrement le sol autour d'un grand livre ouvert. Devant lui l'enfant s'agenouille, la torche au poing haut levé illuminant la double page offerte. Il voit un arbre foisonnant, minutieusement tracé, un arbre à mille branches dont chaque feuille est un mot, et un exubérant soleil de signes dans une étrange nuit pareille à l'eau profonde. A voix mesurée le vieux Dagan lit ceci :

— Voici la vérité : parmi les mille Infinis le treizième fut nommé Chagrin-de-l'Absence. Et je te dis que Chagrin-de-l'Absence était le plus pauvre et le plus faible des mille Infinis. Et je te dis qu'il n'était pas le Tout-Pouvoir mais le Tout-Dénué Chagrin-de-l'Absence.

» Les mille Infinis le nommèrent Désert-Désirant. Les mille Infinis le nommèrent aussi Celui-Qui-Pleure-Sans-Visage. Quand ils le nommèrent ainsi fut inscrite la première empreinte dans son âme creuse, et la première empreinte engendra le premier chemin, et le premier chemin fut circulaire afin que soit l'errance désespérée.

» Alors Chagrin-de-l'Absence le treizième Infini conçut la première parole du treizième Commencement. " Je suis le guetteur mélancolique. " C'est ainsi que le scribe Sath traduisit cette parole.

» Aussitôt elle tourbillonna mais ne fut point portée au-dehors de Chagrin-de-l'Absence car ce dehors n'était pas encore. Elle tourbillonna sur le chemin circulaire et Chagrin-de-l'Absence tourbillonna, et tourbillonnant il créa un dehors de lui. Il s'environna de planètes comme le font ceux que la ronde enivre. L'absence ne fut plus mais l'illusion fut.

» Alors Chagrin-de-l'Absence le treizième Infini conçut la deuxième parole du treizième Commencement. " La feuille morte m'effraie. " C'est ainsi que le scribe Sath traduisit cette parole.

» Aussitôt elle engendra les mille tempêtes et Chagrin-

de-l'Absence tourbillonnant au centre des mille tempêtes
pétrifia l'illusion. Ainsi les planètes furent créées. L'illusion ne fut plus mais l'aridité fut. Alors Chagrin-
de-l'Absence le treizième Infini conçut la troisième
parole du treizième Commencement. " J'espère l'océan. "
C'est ainsi que le scribe Sath traduisit cette parole.

» Aussitôt jaillit l'eau espérante, bondirent les torrents, les fleuves impétueux, et source des sources
Chagrin-de-l'Absence tourbillonnant féconda les planètes. Ainsi naquit Maïni parmi les mondes du treizième
Commencement. Le désert ne fut plus mais voici la
vérité :

» Chagrin-de-l'Absence désormais prisonnier des Mille
Questions tourbillonne infiniment et demeure à jamais
Chagrin-de-l'Absence, celui qui ne sait pas jouir de la
vie qu'il engendre.

Chilam se tait. Rambo reste pétrifié devant le Livre.
Son regard est pathétique, obstinément vigilant, comme
si la parole allait à nouveau surgir, palpable et splendide
au terme d'un cheminement purificateur dans les ténèbres
du silence. Le père ouvre la main de l'enfant et saisit la
torche, accompagne avec tendresse et précaution le bras
qui tombe le long du corps. Il dit :

— Trois fois la nuit, trois fois le jour et la reine Enlila
viendra. Alors tu seras comme le roc ensoleillé, fort,
sans mystère, sans faille. Adieu. Je te donne à la sagesse.

Rambo prostré ne semble pas entendre. Le haut vieillard lentement quitte la chambre triangulaire.

Devant la porte, debout contre la muraille abrupte,

un Dagan l'attend. La flamme mouvante illumine brutalement son visage effaré. Il parle vite, détournant du feu ses yeux mouillés :

— Sath est mort. Un bâton pointu a percé sa poitrine. On a couché son cadavre sur la troisième terrasse. Une femelle est auprès de lui.

Chilam limpide regarde longuement le messager puis il dit à voix tremblante à peine :

— Prends la torche et va devant. Conduis-moi vers Dame Enlila.

Ils vont à pas égaux le long d'une pente caverneuse bientôt galerie longue aux parois lisses exactement taillées. Ils évitent sans frémir des trappes ouvertes sur de rugissants chaos, traversent trois salles dallées de blanc aux murs indiscernables, suspendues entre deux escaliers contradictoires. Ils franchissent un pont de granit jeté raide entre deux murailles sans fond. Par une échelle humide ils grimpent jusqu'à une porte ouverte sur un couloir trop étroit aux détours aigus, incohérents, interminables, au plafond sombre, bosselé. Ils parviennent enfin en un lieu semblable à la nuit vide. Chilam alors renvoie le guide et sa lumière. Seul, aveugle, corps et regard dissous dans l'absolu désert noir, il savoure un instant la voluptueuse illusion d'entrer vivant et sans vertige au pays des âmes nues. Il avance de trente-cinq pas somnambuliques. Il tend la main. Voici la porte de la chambre profonde où demeure Dame Enlila. Il pousse le lourd battant.

— Je suis le bibliothécaire Chilam, dit-il.

Et la voix à jamais émouvante :

— Entre. J'attendais ta visite, frère de Sath.

Trois hautes lampes brûlent aux trois coins de la salle. Par milliers le long des murs de pierre brune sont entassés de lourds incunables clos de chaînettes de bois. Dame Enlila la reine est assise dans un large fauteuil de roc poli, parmi quelques coussins de fils de lianes et de feuilles sèches. Sur ses genoux un rouleau d'écorce est ouvert à demi, empli de signes et d'images. Elle a l'apparence de l'imputrescible fragilité. Elle est vêtue d'une ample et longue robe d'écailles vertes. Elle porte entre les yeux un insecte d'or crépusculaire enchâssé dans un caillou précieux. Son visage est blanc. Elle est la clairvoyante innocente et la sereine désirable, elle est la tendre et bonne, la sage candide au front sans chemins, elle est celle que les eaux du temps embellissent. Elle sourit quand vient Chilam et son regard est comme l'âme des océans. Elle dit paisiblement :

— Sois le bienvenu, vieux fils, et ne dissimule pas ton angoisse. Je la vois tapie derrière tes yeux.

— Mon frère le scribe Sath fut savant et sans haine. Il est mort troué par un roseau.

— Ce roseau est à cette heure dans le poing d'un Homli, à Village-Premier.

Chilam frémit, pose sur son cœur sa main aux ongles longs et pâles, demeure un instant indécis. Dame Enlila, affectueuse, le regarde. Il parle enfin sans passion perceptible :

— Je viens d'instuire mon fils, Rambo le muet. Ne l'abandonne pas.

— Il sera puissant, clairvoyant et solitaire. Il est déjà

si secret que ses gestes à venir me sont encore obscurs.

— Connaîtra-t-il la paix avant le terme de sa vie?

— Non. Il ne la désirera même pas.

— J'avais rêvé d'un enfant paisible au grand savoir.

La lassitude creuse soudain les traits de Chilam qui détourne le regard, fait quelques pas parmi les livres vers la lumière d'une lampe. Il dit, caressant la flamme droite :

— Dès que tu l'auras éveillé, ordonne-lui d'aller tuer cet Homli, à Village-Premier.

— Je ne ferai rien de tel, petit mortel.

— Tu seras déraisonnable.

Le vieux bibliothécaire demeure mortellement immobile face à l'angle illuminé. Dame Enlila se lève, pose la main sur son épaule, indulgente et douce.

— Je n'aime pas te voir ainsi privé de force et de bonté. Viens t'asseoir à mes pieds, comme autrefois. Viens.

Sa voix est pareille au chant des eaux de Maïni dans l'herbe ensoleillée. Il obéit.

— Écoute, dit-elle. Dès que je l'aurai éveillé, je conduirai ton fils à la découverte de nos couloirs mal équarris, de nos grottes obscures, de nos dédales. Il écoutera les remuements, les plaintes fiévreuses, les grondements hargneux des rocs noirs et des murs. Ce qu'ils disent est étrange, Chilam, cela ressemble aux appels d'un animal trop lourd perdu dans un labyrinthe, affamé d'amour inaccessible. Rambo le muet apprendra que les minéraux s'épuisent à nous chercher, sans rien savoir de notre existence. Il n'en sera pas bouleversé, car son cœur n'est pas semblable au tien, mais il saura

que les nuits les plus profondes ignorent l'immobilité
satisfaite. Alors je le conduirai dans les cavernes basses
afin qu'il les regarde rêver. Savais-tu que les cavernes
rêvaient, Chilam? Rambo saura. Il verra les images de
leurs songes. Elles sont comme des fleurs rouges et
pourtant brumeuses prisonnières d'un écheveau de fils
transparents. Il les verra s'élever, chercher l'issue, s'in-
sinuer par certaines failles ignorées des insectes et des
larves. Il les verra se déployer lentement, là-haut, dans
la terre humide, se hisser à grands efforts vers les racines
ténues. Il les verra secrètement envahir les fleurs visibles
nées de l'humus. Il n'en sera pas émerveillé mais il saura
qu'une force égale et contraire à la pesanteur est partout
à l'œuvre. Cette connaissance ordonnera seule ses gestes,
quels qu'ils soient. Il aura pouvoir d'abattre, d'exalter
et de contempler sans désir les infimes soleils qui
naviguent en toute vie. Je ne daignerai ni le contraindre
ni l'instruire plus avant. Va maintenant auprès de Sath.
Fais en sorte que son corps déchiré n'effraie personne.
Je veux qu'il soit oublié avant l'heure de Toumbo.

Dame Enlila allume un flambeau et tend sa main
blanche à Chilam qui la baise et s'en va sans un mot.

Il avance vivement dans le silence noir, apparemment
délivré du poids des ans et des douleurs. La muraille
surgit de l'ombre. Il la suit un instant, découvre une
longue échelle dressée qu'il gravit jusqu'à l'angle brisé
d'une salle carrée. Quatre niches voûtées sont creusées
au centre des quatre murs fauves. Il plante sa torche dans
un trou de roc, ôte sa robe et ses sandales d'écorce. Il
les range avec soin dans le logement qui lui fait face.

Nu, il élève le flambeau au-dessus de sa tête, cherche un étroit passage dissimulé derrière un rocher, le franchit, reprend son ascension le long d'un escalier abrupt qui le conduit au seuil d'une vaste caverne. Un ruisseau vif la traverse. Vers l'amont il longe longuement son lit, parvient au bord d'une cascade. Il jette à l'eau le feu, s'agrippe à la paroi ruisselante, la gravit. Par une déchirure il se glisse, tombe sur le sol sablonneux d'une pente ascendante, avance, les mains en avant, jusqu'à ce qu'elles heurtent une porte close. Il pousse le battant, pénètre dans une cave que baigne une pénombre grise. En son coin droit sept marches vont au soleil tombé par un soupirail rond. Chilam grimpe au jour.

Le voici dans l'air bleu, ébloui, vaguement titubant, anonyme parmi les Dagans qui conversent, somnolent contre les murs ombreux, vont et viennent par les montées dallées, les ruelles sans fenêtres, les vastes salles à ciel ouvert. Quatre enfants au rire haut le bousculent, courant derrière une adolescente épanouie qui brandit un os charnu. Il traverse une cour de terre battue, s'engage sous une voûte, gravit un raidillon pavé. Voici la première terrasse et la chaleur brute, mère d'insectes. Quelques vieillards de-ci de-là sont allongés sur des litières de feuilles. Chilam les salue à mots brefs, escalade trente marches fichées dans la muraille, prend pied sur une plate-forme déserte que cerne un parapet bas. Au loin des têtes d'arbres, Maïni aux vallons verts, une boucle du fleuve. Le dernier escalier le long de la paroi est fait de planches rudes, inégales, malaisées. Voici la cime, le silence lumineux, Sath au regard vide couché sur la pierre chaude, Nilée sa servante accroupie, les quatre horizons, le parfum du vent. Chilam debout en plein ciel contemple son frère souillé de sang brun et de boue sèche. La femelle sans âge tend au vivant ses mains ouvertes, sanglote, désigne la plaie noire :

— Regarde, dit-elle épouvantée. Nul ne fut jamais déchiré de la sorte. Qui a fait cela, Chilam?

— Un roseau. Le hasard, Nilée. Sèche tes larmes. Pleurer n'est pas sage.

— Sath fut ma sagesse. Ma sagesse est un cadavre. Je sens pousser un fagot d'épines dans mes entrailles. Que le soleil me pourrisse.

— Oublie. Va errer dans le désert rouge jusqu'à ce que ta souffrance y tombe en poussière. A ton retour tu serviras Rambo, l'enfant muet.

Elle sourit tristement, pleure encore et s'apaise. Ses yeux sont bruns, grands, étincelants. Elle est maigre et belle malgré la douleur qui tord sa bouche et ride son front.

— Tu es généreux, Grand Dagan. Je ferai ce que tu veux. Si ton fils n'exige de moi ni joie ni passion, je le suivrai.

— Sa vie sera longue et tourmentée. Je t'aiderai à l'aimer. Tu me rendras compte de ses gestes et de ses pensées.

— Je suis une obscure femelle. Toi qui vois clairement les jours à venir, tu sais que je t'obéirai.

Elle le regarde, inquiète mais reconnaissante, soumise mais intriguée, consciente d'être à nouveau rouage utile dans la machinerie d'un destin. Chilam s'agenouille et prend Sath dans ses bras.

— Il n'est pas bon qu'un mort demeure trop longtemps à la lumière. Adieu.

— Je vais au désert, dit-elle.

Elle se détourne violemment et s'enfuit. Le bibliothécaire médite un instant devant le parapet de la terrasse qui domine la plaine paisible, les collines aux flancs ronds, le fleuve éblouissant, l'horizon bleu où lentement se défait une crinière blanche. De très lointains échos de voix lui parviennent, portés par la brise. Il quitte le ciel à pas lourds, son frère froid contre sa poitrine.

Il descend, impassible et majestueux, parmi ses semblables qui lui font place sans interrompre un instant leurs errances, leurs vagues discours, leurs rêveries. Il va droit aux caves, hèle un porteur de torche, s'enfonce par d'étroites rampes de pierre noire. Son voyage profond le conduit au bord d'un puits aux bouillonnements insondables. Il dépose là son fardeau.

— Frère Sath, dit-il (et sa voix résonne le long des voûtes multipliées), scribe de Dame Enlila, oublie ton savoir, tes douleurs, ta vieille apparence. Au fond de ce gouffre un ventre femelle t'attend, rouge et vaste. En lui tu deviendras Enfant Porté. Tu connaîtras la Houle et la Rumeur. Des sources jailliront à hauteur de ta bouche. Tu frotteras tout doux ton front aux écorces lisses. Tu te nourriras de sucs délectables et de fougères vivantes. Tu te baigneras dans des fontaines de lait, parmi les buissons-nids et les fleurs géantes. Puis au jour juste tu seras Vivant Nouveau, craché au soleil dur, car il n'est pas de paix éternelle. Moi, Chilam, blessé à l'âme, je te salue.

Le corps de Sath bascule et tombe infiniment. Au même instant, dans la salle triangulaire, l'enfant muet pris d'insupportable vertige s'abat contre le Livre. Au cœur du tourbillon hurlant qui l'assaille il voit Maïni, couleur de sang.

# 5

Lao va le long du 'euve dans une savane peuplée d'arbustes argentés et ʋ'insectes vibrants pareils à des écailles tombées du soleil.

Dans l'île de Caillou-du-Milieu Dame-sans-Nom la très vieille folle au savoir inquiétant est accroupie sur un rocher parmi les hautes herbes pâles, au bord de l'eau transparente. Elle se balance d'un pied sur l'autre, enfonce ses doigts secs dans sa chevelure poussiéreuse et grise en gloussant à petits coups de gorge, puis, songeant à quelque mystère bouffon, elle sourit béatement. Alors son visage se fripe comme une écorce, une débâcle de rides converge vers sa vaste bouche édentée, sans lèvres, vers son regard rond, malicieux mais glacial en son tréfonds.

Elle aperçoit Lao. Elle quitte vivement son perchoir, saute d'un buisson à l'autre comme un grand oiseau maigre, se dissimule derrière un arbre, saisit une branche morte, la brandit, la jette avec une étrange vigueur, brutale et précise, au rêveur mélancolique qui va sur la berge ensoleillée. Il bondit en arrière, furibond.

— Je t'ai vue, femelle sans nom, face de caillou, je t'ai vue!

Sur l'île, un long rire grinçant jaillit de la broussaille.

— Bienvenue, frère vivant! Viens donc jusqu'à ma litière de pétales rouges, fils de Maïni, viens te moucher dans mon ventre, viens goûter à ma salive! As-tu peur, petit Homli?

Elle se dresse parmi les ronces, grotesque et décharnée. Lao rit. Elle s'avance jusqu'au bord du fleuve, un bâton sur l'épaule.

— Sais-tu que j'ai fait l'amour avec ton père Van sur cette terre molle que foulent tes pieds tannés? Ha! Son sexe était maigre comme un brin de liane! Au crépuscule, sous l'œil de Toumbo j'ai mordu sa langue et nos carcasses ont roulé dans l'eau, parmi les algues. J'ai joui par un poisson tiède, ahi, je m'en souviens!

Lao botte rageusement une touffe d'herbe sèche.

— Vieux tronc pourri, crachat de Balaha, tes paroles puent! Qu'elles t'étouffent!

Dame-sans-Nom le regarde, l'œil agile et méchant, puis dit posément, à voix nasillarde :

— Ton père était chétif mais plus tendre que toi. Je lui ai fait cadeau d'un secret, en guise d'offrande amoureuse. Le veux-tu?

Lao lui tourne le dos et s'éloigne, jetant au ciel une injure exaspérée. A peine impatiente, la rabougrie fait un pas dans l'eau basse, s'appuie des deux mains sur sa canne et lance, le cou tendu :

— Hé, as-tu des nouvelles d'Izahi?

Le vieil Homli s'arrête, indécis, revient prudemment

vers la berge. La sorcière le regarde sans ciller, elle sourit vaguement, elle tend un long bras à demi pelé, appelle
de la main celui, harponné au cœur, qu'elle semble
manœuvrer, impitoyable et railleuse, au bout d'un fil
invisible.

— Je sais, moi, où il est, dit-elle doucement, et je sais
ce qu'il fait, le petit misérable, et je sais ce qu'il fera, le
fou.

L'œil du vieux père s'illumine.

— Donc, il vit!

— Il est comme une planète sans soleil. Il a besoin
d'aide, le pauvre insensé. Viens, je dois te parler de son
avenir.

Elle est soudain impérieuse et grave. Lao hésite,
entre sans hâte dans le fleuve, plonge, nage sous l'eau
longtemps, aborde enfin sur l'île et attend, circonspect,
à quelques pas de la femelle échevelée. Elle l'examine
un instant, la tête penchée de côté, puis lui tourne le
dos, s'éloigne vers le cœur embroussaillé de Caillou-
du-Milieu, fouettant les buissons de son bâton vif. Elle
parvient, au-delà d'un bosquet épineux, à la lisière d'une
aire circulaire au sol battu. Là elle s'arrête et sans dai-
gner se retourner d'un geste bref appelle le vivant craintif qui la suit à distance prudente.

— Tu vois, je n'ai pas de hutte, dit-elle avec simplicité. Entre.

Deux pieux plantés figurent une porte absente dans
le cercle où gisent épars des reliefs de foyer, une litière
rouge, quelques bâtons sculptés et des boules d'épines.
Lao pénètre jusqu'au milieu du repaire aux murs d'herbe

bruissante, s'assied, ne voit plus que le ciel. Il lui semble tout à coup naviguer paisiblement dans un cocon chaud, loin de Maïni, près du soleil. Il est triste pourtant, et fatigué. Dame-sans-Nom s'installe en face de lui, les jambes croisées, l'œil aigu, ironique, jubilant. Passe un moment silencieux.

— Parle, folle, dit le vieillard. Où est Izahi? Que fait-il, à cette heure?

Il ne se souviendra pas de ce qui survient alors. Il dérivera obscurément jusqu'à la mort, père trop tendre, trop avide de lumière simple pour oser jamais forcer la porte de sa mémoire. Avec une imprévisible puissance la sorcière le gifle à toute volée. Il tombe à la renverse, et tombe le ciel sur sa face, et tombe en poussière sa raison vulnérable. Le voici cœur et corps paralysés, les bras en croix, le regard vide, gémissant comme un enfant nouveau-né dans le premier sommeil de sa vie. Dame-sans-Nom se penche sur le vieux visage ravagé, un lambeau de sa chevelure brumeuse effleure les paupières immobiles, son index pareil à un rameau noueux ouvre les lèvres chaudes, desserre les dents, son ongle précis attire la langue, l'érafle, la fait saigner sans douleur. Voici ce que l'effrayante mère murmure à la bouche rouge de Lao :

— Je suis la parole de Toumbo. Sang, souffle vivant, conduisez-moi vers le ventre, les jambes, les mains de Lao, la chair, la charpente, les eaux de Lao, l'esprit, le cœur, le sexe de Lao. Je veux être portée partout afin de gouverner Lao. Écoute, Homli, écoute : Izahi n'est pas. Seul ton amour est. Aime sans espoir. La sagesse n'est pas. Seuls les mille pièges sont. Souffre sans espoir. Le pays paisible n'est pas. Seuls les mille chemins sont. Vis sans espoir. Je suis la parole de Toumbo. Tu vas errer, combattre, aimer. Tu ne chercheras plus ce qui n'est pas.

Les longs doigts secs de Dame-sans-Nom remuent devant les yeux fixes du gisant. Elle dit encore :

— Désormais tu vois le temps nu, la vie sans visage. Tu vois, Lao. Tu vois, pauvre chétif. Tu vois, tu vois, amant trop naïf des mots et des gestes, tu vois.

Elle prend en ses mains la tête du vieillard. Il sanglote, les larmes coulent parmi sa barbe, il s'agite, frénétique comme une bête piégée, pour échapper au ciel qui noie son regard. Il rue, il arrache au sol des poignées de poussière.

— Tu vois, dit Dame-sans-Nom.

Il hurle et fou d'effroi se dresse, bouscule la sorcière, s'enfuit éperdu, traverse le sous-bois, brisant du front des branches mortes, déchire la broussaille, plonge dans le fleuve ensoleillé, nage à grands battements écumants, prend pied sur la berge, risque un pas, titube, s'effondre. Il ne sait plus rien ni de son cœur, ni de son corps, ni de Maïni.

Sur la place de Village-Premier Izahi conte son aventure et Illa épouvantée baise sa bouche pour le faire taire, et les vieillards hochent la tête, examinant le roseau fascinant, et les jeunes Homlis poussent des cris exaltés. Puis chacun s'en va vers la prairie, au bord de l'eau, par les collines, à la rencontre des mille apparences du jour. Le bras puissant d'Izahi entoure la taille de l'amoureuse, ils vont tous deux sous un grand arbre près du fleuve.

— J'aime ta chaleur, dit-elle. Sois heureux. Oublie ce Dagan.

— Il s'appelait Sath. Il parlait notre langage. J'aime tes mains sur mon visage. Je hais la mort.

— Je ne sais pas haïr. Comment fais-tu?

Izahi rit aux éclats, saisit le roseau, le tend à Illa. Elle grimace et se détourne.

— Prends, c'est une branche de haine.

Elle l'effleure, elle frissonne, elle murmure :

— Jette-la. Brise-la. Brûle-la.

— Je la garde. Je l'emporterai au-delà de mon dernier jour jusqu'au jardin de la Grande Mère.

Il se dresse et fièrement contemple l'arme au bout de son bras, fouette l'air, harcèle un roc fendu.

— Vois, elle tient les Dagans à distance. Elle est un seuil pointu, infranchissable. Désormais nul ne pourra goûter au sang de mon corps. Je suis un vivant inaccessible.

— Tu es un enfant effrayant. Tu es fou.

Illa assise soupire, enlace ses jambes pliées, pose son front sur ses genoux. Izahi affectueux lui mord doucement la nuque.

— Paix, paix, dit-il. C'est un jeu.

Il fiche en terre son bâton, l'orne de verdure extravagante. Il chante, cabriolant dans l'herbe :

— Voici l'arbre nouveau qu'inventa Fourrure-Enflammée après trois mille ans de méditation dans les cavernes de Maïni. Hop! Il se nourrit de paroles, il pousse aussi vite qu'un sexe d'Homli amoureux, dur et chaud. Hop! Il est creux mais affamé d'entrailles, empoisonné mais fraternel, pétri de fibres sèches mais doué d'esprit aigu. Qu'il soit aimé des enfants et des femelles car il est fécond comme un père vigoureux. Hop! Qu'il soit honoré car il est splendide et puissant comme le bec de Toumbo!

Izahi danse. Illa pleure.

Lao vient vers eux. Il titube dans la lumière, parmi les arbres. Il trébuche aux branches tombées. Izahi court vers lui, le prend aux épaules, le secoue doucement.

— J'ai fait la sieste et sommeillé, dit le père. J'ai rêvé que j'étais très las. J'ai vu Dame-sans-Nom s'envoler au-dessus du fleuve. Une nuée d'insectes l'accompagnait. Elle avait les doigts griffus.

— Tu dors encore, Lao, réveille-toi. Hé, tu es étrange. Ne me fais pas peur.

Le vieillard sourit à grand-peine. Son regard est désespéré. Tendrement il pose la main sur la joue d'Izahi qu'une bouffée d'enfance envahit et submerge.

— Écoute bien car l'esprit me fuit. Je t'ai cherché dès l'aube. A Grands-Signes on m'a dit que tu avais couru devant un Dagan.

— Il est mort. Regarde, il est mort par ce bâton.

— Dame-sans-Nom la sorcière m'a parlé de ton avenir. Des chemins, des chemins, des chemins. Mes jambes sont trop vieilles, je suis comme un brin d'herbe au fil de l'eau. Je ne peux aller où Toumbo veut me conduire, comprends-tu?

— Repose-toi, Lao, je veillerai. Je suis fort. Ce soir Illa te portera des fruits dérivants. Tu dormiras dans ma hutte. Demain nous chanterons ensemble le Chant de l'Aube. La vigueur et la paix reviendront.

— Va seul, je ne te suivrai pas. Va, Izahi. J'aurais aimé dans mon corps un courage plus rude, un savoir plus vaste et plus subtil. Adieu, adieu.

— Je ne comprends rien à ses paroles, dit Illa. Dame-sans-Nom l'a affolé.

« Il part à la dérive, pense Izahi. Il m'abandonne. Je vais devoir vivre sans témoin. Je vais connaître l'écrasante mélancolie des solitaires, car mon père se meurt. »

— Reste auprès de lui, dit-il. Je reviendrai quand je saurai.

Il détale.

— Tu oublies ton roseau, crie Lao.

Il l'empoigne et le lance rageusement, hurlant adieu au fils de Fa qui saisit l'arme au vol, hésite un instant à reprendre sa course puis disparaît au-delà de l'ombre paisible, le long du fleuve scintillant.

# 6

Izahi parvient à Caillou-du-Milieu deux heures avant le crépuscule. L'île paraît déserte. Il s'enfonce dans la broussaille, cherche un sentier, découvre le passage malaisé parmi les ronces et les arbres maigres. Il avance durement, battant les branches basses. Au-delà du bosquet, il appelle. La tête échevelée de Dame-sans-Nom surgit des hautes herbes.

— Hé, voici le trouveur de feu, dit-elle.

Puis elle disparaît, apparaît à nouveau à l'entrée de son repaire et ricane, le menton posé sur un rocher. Izahi méfiant s'approche d'elle à pas mesurés. La sorcière l'examine, l'œil amusé, dénoue son corps décharné, se dresse, rit. Elle dit, extrêmement satisfaite :

— Je t'attendais, tu es venu. Tout est bien, tout est bien.

— Qu'as-tu fait au vieux Lao?

— Oh le bel impatient! Oh le splendide! Viens donc, viens, fils de Toumbo.

Elle le prend par la main, l'entraîne dans le cercle au sol battu, le fait asseoir entre deux boules d'épines, prend place en face de lui.

— Lao délire. Tu as volé son esprit. J'ai peur qu'il ne meure.

Dame-sans-Nom grogne, renifle, se gratte vigoureusement le crâne, prend avec sollicitude la main du jeune Homli, le contemple, l'œil oblique.

— Tu as un beau bâton, dit-elle.

— Il a tué un Dagan. Il est ma puissance. Désormais je suis sans crainte. Je veux que tu sauves le père de mon savoir.

— Sais-tu où cet objet va te conduire?

Elle parle à voix sage et presque mélodieuse. Elle est maintenant pareille à une aïeule sans tendresse mais attentive et bienveillante. Son regard emprisonne Izahi tout à coup bouche bée.

— Écoute ces paroles, fils de Toumbo : j'ai voulu aider Lao à franchir le seuil de la première connaissance, afin qu'il te suive sans déchirement où tu dois aller. Il n'a pas pu. Il est tombé dans la folie. Tu devras donc avancer seul. Sache que je suis une dame vénérable car j'ai vu naître pour notre malheur les premiers Dagans de Maïni. Je sais qu'avant leur venue nous étions forts, insouciants et paisibles. Je sais qu'ils auraient pu nous décimer, et qu'ils ne l'ont pas fait. Je sais aussi que leur règne n'est pas perpétuel et que notre faiblesse n'est pas fatale. Depuis trois mille ans j'attendais la naissance d'un trouveur de feu capable d'arracher le peuple Homli à l'ignorance, à la douce sauvagerie, à la simplicité résignée qui lui fait accepter sans révolte la mort, jour après jour. Fils, tes semblables vont apprendre à combattre, et tu seras leur maître savant.

— Toumbo est notre maître. Je ne peux être pareil à Toumbo. Tu parles comme un rêve.

— Je parle comme une mère raconte le monde à l'enfant qu'elle porte en son ventre. Tu comprendras.

— Je dois retourner auprès de Lao.

— Va.

Ils demeurent pourtant immobiles, l'un par l'autre fascinés. Alors Dame-sans-Nom pose ses mains sur la tête du trouveur de feu, elle gémit, prise d'un mal indécelable, son regard grandit comme une tache de nuit, envahit lentement le visage d'Izahi privé de mots, voile en son esprit toute lumière, éteint le monde.

— Va, dit-elle.

Il tombe à la renverse dans un océan paisible, parmi les poissons surpris.

Une voix doucement le berce. Il est allongé sous un arbre immense, dans un jardin circulaire enclos de remparts si haut dressés que leur cime se confond avec la brume bleue du ciel. Nulle porte dans la muraille, nulle meurtrière. Il n'a pas souvenir d'avoir un jour vécu hors ces murs quoiqu'il ait faculté d'imaginer une planète aride, des branches mortes griffant le vent et les nuées, des huttes frileusement accroupies contre le flanc d'une colline dans un rayon de lumière dure. Dès qu'il évoque cette image l'angoisse lui noue le cœur. Alors, pour se délier d'elle il court à la source, au centre du jardin, s'y baigne délicieusement, les yeux grands ouverts sur les fleurs géantes, puis se roule dans l'écume argentée des duvets-broussailles, erre parmi les fruits imputrescibles, se hisse enfin dans un haut feuillage pour contempler son univers, s'abreuver de lui, s'enivrer de paix. D'étranges insectes semblables à des fragments de cristaux bourdonnent à l'extrémité des branches. Il les agace avec délectation. Les yeux mi-clos, il écoute la voix.

Elle est lointaine mais précise, sourde mais harmonieuse, indéchiffrable mais essentielle, constante comme un flot de torrent mais plus heurtée, plus subtile, plus violente aussi parfois. « Je ne saurais vivre sans elle », pense-t-il. « Si la voix doit un jour se taire le sol se fendra, dans les plaies ouvertes les ruisseaux se fracasseront, les arbres, les fleurs, les buissons se consumeront soudain, les remparts tomberont en cendres et les Dagans Aveugles viendront me chercher, me conduiront à la porte des Vivants Perdus et m'abandonneront aux Dérivances. » Il ne peut imaginer plus épouvantable perspective, et pourtant nul n'a jamais devant lui prononcé ces mots, pour cause : il a le sentiment d'avoir toujours vécu seul.

Il explore son domaine. A l'extrême Sud s'étend une forêt puissante, où règne un crépuscule perpétuel. Les branches flexibles, houleuses, mollement enlacées, sont inextricables. Des arbres colossaux s'étreignent debout, humides et tièdes comme des monstres amoureux. Le sol n'est nulle part visible sous la végétation lourdement triomphante qui semble douée d'obscure vie animale. La Porte, peut-être, est là-bas, croulant sous l'étouffante toison, ligotée par mille lianes. Mais comment l'atteindre ?

Il tente de suivre le rempart : seul son bras droit franchit à grand-peine l'orée de la forêt, tant est dense le rideau végétal qui jaillit de la muraille. Il s'aventure le long de la lisière jusqu'à découvrir un défaut dans la trame épaisse que ses poings déchirent. Il fait un pas, puis deux, puis dix, rageusement. Il sait qu'il n'ira pas loin. Il s'acharne pourtant jusqu'à l'épuisement avant de battre en retraite, terriblement éprouvé par l'hostilité passive des branches, par la vague obscurité, par la voix surtout, qui semble ici sourdre de millions de bouches vertes, en un murmure réprobateur. Elle n'aime pas qu'il fréquente ces profonds parages, c'est manifeste. Il ne doit pas quitter le jardin. Quel est donc ce battement obstiné, dans sa poitrine, qui lui ordonne de passer outre, de braver l'interdit ? Il pressent qu'un jour prochain il devra livrer bataille à la forêt jusqu'à la victoire, ou la mort. Alors la voix l'abandonnera. Il sera seul.

Il revient s'asseoir près de la source fraîche, dans l'herbe humide et tiède. Des fruits dérivants tombent du soleil immobile, pareils à des oiseaux paresseux. Il les dévore puis s'allonge sur l'humus frais, odorant, et somnole longuement comme un animal repu. Passent des ans innombrables. Le jour ne s'éteint pas.

Soudain le sol frémit comme une échine fiévreuse. Le ciel se couvre de vapeurs inconnues jaillies des hauts murs, en volutes géantes. Izahi s'ébroue, se dresse, lève la tête, tend les mains. Une goutte de pluie tombe sur son visage. Il hurle. Ce n'est pas de l'eau mais un liquide verdâtre et corrosif qui irrite sa peau comme un frottement d'herbe rugueuse. Alors, avant que l'averse ne se déchaîne, de toutes ses forces il fuit, droit au Sud.

L'orage brûle ses yeux. Pleure-t-il? Il ne perçoit plus que de vagues contours. Adieu, adieu, adieu, dit son halètement mouillé, adieu le pays paisible, je ne reviendrai plus. Il aperçoit la sombre masse de la forêt. Il la pénètre violemment et s'écroule sur un tapis de feuilles spongieuses, à bout de souffle et de douleur. Il écoute.

La voix est toujours là, apaisante. Elle ne l'a pas abandonné. Peut-être le guidera-t-elle où il doit aller. Il sent ses forces renaître dans ses muscles meurtris. L'averse ne l'atteint pas, tant il est profondément enfoui. Il essaie de ramper sur les coudes et y parvient. Au ras du sol il s'insinue par la moindre faille dans le réseau des buissons enchevêtrés. Il avance avec une jubilation croissante beaucoup plus vite que prévu. Comment n'a-t-il pas plutôt pensé à se faire serpent de chair parmi les serpents végétaux?

La voix l'enveloppe, halète avec lui, l'aide. « Elle m'aime », se dit-il, sans comprendre. Il est pris d'une brusque frénésie. La forêt s'ouvre sous ses coups de boutoir avec une docilité inespérée. Elle s'éclaircit soudain. Il se dresse. Les bras battant l'air il se sent projeté en avant par deux branches molles agitées d'un spasme violent. Il tombe sur les genoux, devant la Porte.

Elle est ouverte. Il franchit le seuil. Dans le noir il titube, palpant les parois lisses, à gauche, à droite.

Le sol est dur, glissant. Il écoute. La voix est devant lui, lointaine comme un roulement tempétueux. Il court. Son front heurte violemment le plafond du tunnel. Quelque chose d'humide ruisselle entre ses yeux. Il gémit. Il est épuisé. Les mains sur la tête il se laisse tomber contre le mur. Il perd conscience un court instant sans doute car il ne sent pas venir la convulsion qui dérobe le sol sous ses pieds, déferle sur lui, le roule, l'emporte, les genoux sous le menton. La voix gronde comme jamais. Il perçoit en elle des sons inconnus, extrêmement secs et précis.

Il sombre en rugissant dans un brasier tumultueux, se dresse au cœur des flammes, les pieds fouillant la braise, les poings tendus au ciel, entonne le Chant de l'Aube. Il est triomphant et terrible. Sa voix effraie le feu.

L'Oiseau Toumbo quitte le ciel de Maïni. A Caillou-du-Milieu, sous la première étoile de la nuit, Dame-sans-Nom, à bout de forces, s'endort auprès d'Izahi dont le corps tremble.

# 7

Dans les huttes closes les Homlis insouciants sommeillent et divaguent à la lueur des songes. Illa inquiète s'attarde sous la lune parmi les arbres obscurs, le long du fleuve. Lao devant la Porte de Roc écoute le vent qui siffle par les falaises fendues. Puis dans la nuit turbulente il pose ses mains, son front, son ventre contre la paroi du mont et parle à la pierre âpre que son haleine embue.

— J'abandonne, dit-il, ma maison de bois lisse, Grands-Signes le beau village, les paroles sacrées, le parfum des corps vivants dans l'herbe foulée. J'abandonne mes paysages amoureux, Izahi mon fils, Illa svelte et douce, Fa que porte mon esprit depuis sa mort. J'abandonne le chemin du pays paisible car il n'est pas de pays paisible. Moi, Lao, l'amant des chants mélancoliques, des femelles rieuses, des prés en pente à l'heure des fruits dérivants, moi qui vécus sans douleur excessive jusqu'à l'âge vénérable, du haut de cette étrange muraille dressée devant ma vie je veux être précipité dans le feu central de l'œuf de Toumbo. Avec ceux qui ne furent jamais conçus, jamais crachés sur la litière des accouchées, jamais aimés, jamais contraints, je veux demeurer privé de nom, de sens, de charpente et de chair dans le feu central de l'œuf de Toumbo. Moi, Lao le perdu, j'appelle et je prie les vivants de la cime : hissez-moi auprès de vous, figures terribles, et je baiserai les poings qui m'arracheront à Maïni la tant aimée pour me jeter dans le feu central de l'œuf de Toumbo!

— Ta prière est dérisoire, vieillard. Personne ne vit sur ce mont, dit une voix derrière lui.

Lao étreint le roc et lentement se tourne face à la vaste nuit. Loin dans la plaine la lumière intermittente de Parole-de-l'Oiseau rougit sous les étoiles éparses. Le vent échevelle un feuillage noir devant la lune. Un caillou grince. Une ombre apparaît à portée de main. Le vieux père dit à voix basse :

— Qui es-tu?

— Un Dagan. Ne sois pas effrayé, je n'ai pas faim. Suis-moi.

L'ombre bouge. Elle le frôle, le saisit à l'épaule, l'entraîne. Aveugle, les bras ouverts battant la nuit, il va le long de la falaise. Des pierres branlantes frémissent sous son pied, basculent, dévalent. L'écho de leur fracas l'abuse, il croit les ténèbres peuplées d'invisibles errants. Épuisé de cœur et de corps, par un chemin chaotique, troué de failles, hérissé de fourrés inévitables, de rocs, de branches déchirées, il parvient au seuil d'une grotte où brûle un feu chétif entre deux pierres noires. Son compagnon jette quelques branches sur les braises. Il dit :

76

— Repose-toi.

Lao grelottant s'accroupit devant le foyer, contemple sans la voir la flamme nouvelle qui naît, crépite, illumine la voûte basse et la face impassible du Dagan, assis sur une pierre plate, qui parle à voix lente et fatiguée :

— Au-delà de cette montagne sont d'autres montagnes traversées de vallées qui s'ouvrent sur des plaines semblables à celle de Maïni. Au-delà de ces plaines sont des forêts, des fleuves, des océans, d'autres plaines encore, et d'autres montagnes. Ces pays infinis sont inhabités, car l'Oiseau Toumbo ne les fréquente pas. Il n'est nulle part de feu central.

Lao regarde l'étranger au vaste front. Il devine un sourire furtif sur les lèvres closes. Il voit dans les yeux immobiles naître une chaleur lointaine et compatissante. Alors, soudain délivré de tout effroi, il sourit aussi, mille rides ensoleillées convergent vers son regard illuminé, il offre sans détours sa tendresse désarmante. Il dit :

— Je m'appelle Lao. Et toi?

Un air de majesté mélancolique envahit le visage du Dagan.

— On me nomme Géographe-au-Seuil-de-l'Ouest. Je vis en ce lieu depuis le jour d'enfance où la vérité du Troisième Horizon me fut révélée par le bibliothécaire Chilam. Jusqu'à la mort je dois la dire exactement à ceux qui me rencontrent, car telle est la volonté de Dame Enlila, notre reine. Je t'ai donc instruit : aucune route horizontale, aucune faille, aucune porte ne conduisent aux mystères.

Il pousse une branche au feu, pose ses mains sur ses genoux ouverts et se laisse fasciner par les braises palpitantes. Lao ne semble pas avoir entendu ses paroles. Il regarde la fumée légère, la voûte basse baignée de lumière fauve, sa tête va de droite et de gauche, il chante une berceuse lente, mourante, il chante :

— Parle encore, parle.

Dehors le vent furieux bat les buissons obscurs. Quelques feuilles sèches s'envolent dans la caverne, traversent la flamme et se défont dans l'ombre.

— Je suis le gardien des traits et des espaces. Mon savoir est clair mais stérile. Il est nommé par les voyageurs immobiles : connaissance du masque de Maïni. Mon savoir est puissant et sans beauté. Mon savoir est rocheux mais il n'abîme pas les fragiles vérités de l'Œil Clos. Il les détourne. Il les épure. Il contraint les légendes et les songes à suivre sans faute le chemin qui va, de silence en parole, de parole en silence, jusqu'au pays des morts, dont j'ignore la géographie.

Maintenant ils ne bougent ni ne parlent. Ils écoutent longtemps les rumeurs de la nuit, puis Lao s'allonge près du foyer. Sa tête repose sur une pierre lisse. Il dit paisiblement, à voix basse :

— Regarde, vivant de la cime. Je m'éteins.

Il contemple l'ombre et voit Grands-Signes venir à lui sur une nuée lumineuse, il voit Fa jeune et brune, Fa au ventre doux devant une hutte à la porte ouverte, elle est couchée sur un fagot de lianes, elle caresse la nuque et l'échine d'Izahi, elle enfouit dans sa fourrure chaude le visage du fils nouveau, ensemble ils rient aux éclats, ils roulent dans l'herbe. Il voit Izahi, Fa, Grands-Signes et le fleuve ensoleillé car il est midi dans la nuée, il est midi dans le sexe de Lao doucement frotté contre la cuisse de Fa, au bord de l'eau.

Le gisant ferme les yeux dans la caverne obscure, sur la pierre lisse. Alors père Van le visite. Il est grand, noueux, triste, il se penche sur lui, ses lèvres bougent, il dit : « chante, fils, il faut que tu chantes, il faut que tu chantes », et la bouche de Lao demeure close dans la caverne mais il chante à toute force au pied de la colline Sein-de-Maïni, sous un arbre au vaste feuillage, et père Van rythme la musique rude à coups de talon dans l'herbe, à coups de poing dans l'air. Alors les images du chant l'environnent et la Grande Femelle Blanche accourt par les vallons et les prés, elle prend Lao par la main, ensemble ils vont, elle lui parle joyeusement mais il ne comprend pas ses paroles, il rit quand elle rit et quand son bras l'enlace il laisse aller sa joue dans le creux accueillant de sa hanche. Ils entrent par une porte de branches tressées dans une plaine infinie. La Grande Femelle Blanche s'accroupit dans l'herbe, elle prend à deux mains le visage de Lao, il voit son regard traversé de grands oiseaux brumeux et ce regard dit : « va, fils aimé ». Dans le ciel passent des nuages au vol très lent, le corps de la Grande Femelle Blanche se désagrège, il devient semblable à la neige éparpillée. Alors Lao va seul sur la neige éparpillée, il tremble dans la caverne auprès du feu mourant, il court, peine, s'épuise dans le désert de neige, il tombe et désespère. Le Géographe-sans-Regard vient à lui du fond de l'horizon crépusculaire. Devant Lao il s'assied, noble et froid dans le désert de neige, il se penche vers lui, il dit à son oreille : « Mon savoir est obscur mais fécond. Il est nommé par les voyageurs immobiles : connaissance du visage. Mon savoir est fragile et beau. Mon savoir est impalpable, mais il abîme toutes les vérités. » Alors la nuit vient et Lao ne rêve plus.

Au seuil de la caverne le Dagan regarde l'Est lointain où l'aube point. Un lambeau de ciel pâlit à l'horizon. Il attend. Une brume rouge cerne la citadelle et patiemment l'embrase. Alors un chant grave naît dans sa gorge. Il salue la naissance lente du jour, l'éveil des collines, des bois épars dans la plaine, des sept villages parmi les prés, il salue la chaleur fragile du matin, l'air vibrant sur l'herbe mouillée. Les premiers vivants éblouis s'ébrouent au seuil des huttes. Le Dagan se tait, se détourne, s'agenouille, et d'un ongle précis déchire la poitrine de Lao gisant près des cendres chaudes, la tête posée sur la pierre lisse, mort avant l'aube.

Izahi s'éveille à Caillou-du-Milieu. Il ouvre les yeux et voit le ciel. Il bouge un bras et touche un corps. Vivement, il se dresse.

— La paix, fils, dit Dame-sans-Nom.

Elle a l'apparence d'une vieille femelle épuisée, couchée sur le dos, les cheveux épars dans la poussière. Sa figure rétrécie est semblable à un masque de bois au regard vaste et fiévreux. Le trouveur de feu la contemple, lentement se défont dans son esprit renaissant des images obscures et tempétueuses, puis au soleil puissant il s'abreuve d'air allègre, s'étire et dit, riant sans bonté :

— Je ne suis pas ton fils.

Il est debout sur le sol battu, au centre de l'aire, repérant l'œil mi-clos le passage épineux vers le fleuve et la plaine. La sorcière saisit durement sa cheville.

— En ce monde tu es tombé par le sexe béant de Fa. Souviens-toi d'elle. Cette nuit tu as voyagé dans mes entrailles jusqu'à trouver le chemin du feu. Souviens-toi de moi.

Elle le lâche, son bras se pose près du front et Izahi gémit car l'œil de Toumbo dans sa tête s'allume et l'éblouit. Il se penche sur le visage décharné. Il voit une larme rouler le long d'une ride profonde jusqu'au coin de la lèvre, où elle reste. Il voit un rayon de soleil dans la pupille noire. Dame-sans-Nom sourit faiblement. Elle murmure :

— Tu as bouleversé ma carcasse.

Il effleure le bord de la bouche mouillée, sur le ventre palpitant il pose une main, qu'elle caresse.

— Écoute, vivant deux fois né, écoute les paroles de ta mère savante : désormais ta voix s'élèvera comme une liane rouge et les innocents s'éveilleront, les visages limpides jubileront, les bouches femelles baiseront tes épaules. Comprends-tu?

Il comprend. Dans son esprit neuf germent des mots, des gestes infaillibles. Il voit danser des Homlis effrénés sous un ciel bas, des bâtons lancés crèvent les nuages, des bouches avides boivent la pluie. Il pressent des bonheurs terribles. Dame-sans-Nom regarde passer l'orage sur son visage. Doucement elle dit :

— Sang vif. Splendeur du sang vif.

Contre la jambe d'Izahi elle frotte sa joue.

— Va maintenant. Je ne désire pas te revoir.

Elle se lève à grand-peine et lui tourne le dos, assemble les bâtons sculptés épars sur l'aire, les dépose près de la litière, aligne les boules d'épines à la lisière de son repaire. Ses gestes sont précis, ses pas assurés. Le fils reste immobile. Elle casse une branche feuillue et balaie le sol à grands coups. Le fils s'émerveille : voici que le corps tout à l'heure perclus se délie, voici que la vieille épuisée soudain vigoureuse, agile, hargneuse, triomphante s'affaire, besogne, trotte, gratte, grogne, crache des injures rageuses, de-ci de-là, aux herbes rétives, fouette les poussières et les brins de paille envolés. Le fils recule, lève un bras devant sa figure menacée. Toute tendresse tarie, la mère n'est plus. La sorcière le regarde, dure et droite sur ses jambes écartées. Sa chevelure tombe en lambeaux devant ses yeux ronds, froids, méchants. Elle ricane :

— Hors d'ici, jeune Homli! Comment oses-tu troubler la paix d'une femelle vénérable? Détale, ou je te maudis!

Izahi esquive une brusque ruade, ramasse son roseau, s'enfuit parmi les ronces. D'effrayants éclats de rire le poursuivent jusqu'au fleuve.

Au pied de la colline Sein-de-Maïni Illa court à sa rencontre, les bras tendus comme une enfant apeurée. Elle enfouit son visage dans le poitrail palpitant, baise en gémissant les joues, la bouche, le cou, les épaules ruisselantes. Izahi l'enlace, l'entraîne derrière un talus, à distance du bord de l'eau où bavardent quelques Homlis exubérants.

— Je t'ai cherché partout, dit-elle. Lao est parti vers la Porte de Roc. J'ai voulu le suivre, il m'a chassée.

Izahi accablé baisse la tête et s'appuie lourdement sur son bâton fiché en terre. Illa caresse sa chevelure. Elle dit encore :

— Je l'ai suivi jusqu'à Parole-de-l'Oiseau. Puis il m'a jeté des pierres en criant : « adieu, adieu », en criant : « veille sur l'enfant fou, veille sur l'enfant sans nom », et d'autres paroles perdues. Je n'ai pas couru plus avant. C'était l'heure de Toumbo.

Frissonnante, elle s'accroupit devant lui.

— Izahi, as-tu compris? Lao ne reviendra jamais. M'entends-tu, Izahi?

Izahi n'entend pas. Il songe. Un matin clair il chevauche le père sous les arbres, il roule dans l'herbe à ses pieds, il écoute sa voix sereine :

« Je suis la parole et toi le chant, enfant béni, suis-moi toujours fidèlement afin que ta présence anéantisse toute détresse. Sois à jamais bon comme Maïni et dans l'agréable abondance de fruits tombés nous vivrons pleine durée de vie, jouant avec Fa l'amoureuse. »

Et l'esprit d'Izahi répond :

« Père, je t'entends et je te chéris. Père honoré demain

à l'aube sur la colline Sein-de-Maïni je danserai l'Amour Noir devant la cage vide afin que ton temps se ferme selon le rite, et sur ton temps fermé germeront des gestes nouveaux. Père trop doux repose-toi, je te porterai toujours comme un enfant futur, sur mon chemin aux étranges détours. Je verrai s'éveiller les sept villages dans une forêt de bâtons. J'avancerai sans crainte parmi les Dagans efflanqués. J'établirai ma maîtrise pacifique. Je serai solitaire et je te parlerai sans voix. L'enfant d'Illa me chevauchera sous les arbres de la prairie. Je tenterai de vivre, heureux et dur, pleine durée de vie. »

L'amoureuse pose les mains sur son visage. Elle dit :

— Pourquoi ne pleures-tu pas?

Il sursaute, comme s'il s'éveillait. Des rires et des chants, des éclats d'eau vive montent du fleuve proche. Des insectes dorés tournent dans l'air immobile. Il écoute un instant les musiques du ciel, les paroles odorantes et chaudes de la terre, il se laisse bercer par le chant de Maïni. Il baise le front d'Illa, il répond :

— Le feu a pris mes larmes.

Il se lève et va seul.

# 8

Dame Enlila allume une torche au seuil de sa chambre et va par les couloirs ténébreux. Sa robe ample effleure les angles des carrefours étroits, les bosses de pierre aux ombres dures. Rien, ni fondrière humide ni caillou, ne ralentit son pas silencieux, infaillible, n'altère son visage fragile, son regard rêveur sous le feu clair. La lumière fauve glisse sur des plafonds lisses comme des surfaces d'étangs, éveille des tourmentes de roc, se perd dans de trop vastes nuits, parvient enfin, au bout d'une galerie caverneuse, devant la porte que Chilam ferma sur son fils méditant. Dame Enlila fiche sa torche dans la paroi trouée et demeure immobile, droite, les yeux clos.

Alors son esprit voit Rambo le muet à genoux dans la salle triangulaire, le dos ployé en avant, le front posé sur le Livre. Elle tend un doigt, trace un cercle invisible sur le battant de bois brut, attend un instant, sourit, hoche la tête. Sous le rayon de lumière pâle, au centre de la pièce, les mains de l'enfant depuis trois jours ouvertes contre le sol dallé frémissent, un ongle griffe la poussière, puis le corps lentement se déploie, se dresse. Son apparence est frêle et dure. Nulle vie n'émeut la figure aux traits nets, les yeux de glace, grands ouverts. La porte grince. La reine vivement s'avance, pose une main sur la tête lisse et luisante, dit à voix basse :

— Fils de Chilam et de Leila la morte, au-delà du Livre éveille-toi.

Le fils de Chilam et de Leila la morte gémit, chancelle, sa bouche tremble, ses paupières battent. Dame Enlila le prend par l'épaule, l'entraîne, le pousse dans une galerie trop basse. Ils vont un moment courbés, le feu près du visage, puis le roc s'ouvre, le sol fuit. Elle le guide, bondissante, par une pente hérissée de cailloux pointus, l'aide en riant à franchir un gouffre tumultueux sur une passerelle de bois mouillé, l'abandonne, tâtonnant, entre deux murailles rocailleuses, dévale seule un escalier grossièrement taillé, interminable, attend au bout des marches le compagnon au pas timide, l'encourage, brandit la lumière, les yeux brillants, la main tendue. Il la rejoint au seuil de la Caverne Dernière, dont la voûte est semblable à l'œuf. Elle le saisit à la nuque, ils entrent dans la vaste salle, s'assoient côte à côte sur une dalle. Elle ensable la torche, qui grésille et s'éteint.

Immobile, elle savoure longtemps les pures ténèbres. Quand la tourmente est apaisée dans le cœur de l'enfant, elle lui parle sans paroles :

— Ici est la porte véritable. Par elle toute vie vient à Maïni.

Il tressaille. Une nuée rouge échauffe ses tempes, envahit son esprit, cerne les mots qui l'ont atteint, venus il ne sait d'où.

— Retiens ton sang. Tu sais entendre et dire en silence profond, car tu es au-delà du Livre.

La voix monte lentement dans sa tête et l'éblouit. Alors il comprend, s'émerveille, s'exalte, triomphe, et les poings sur les yeux inscrit en hautes lettres derrière ses paupières closes :

— Je sais entendre et dire en silence profond, moi, Rambo le muet.

Dame Enlila sourit.

— Tu ne parles pas, enfant, tu hurles.

— Je suis puissant, dame reine. Je suis un Grand Dagan, comme Chilam et Sath.

Il attend, vibrant, ouvert. Nulle voix ne répond. Une faible musique l'environne, insaisissable et grise. Soudain toute exaltation l'abandonne, tout désir. Il se sent immense et solitaire, pétrifié, privé de corps, de cœur battant, de tête vivante. Il s'étonne un court instant de n'être point effrayé puis au-delà de toute passion regarde dans son esprit les images brûler sans flamme, tomber en cendres, et les pensées, les mots s'évaporer. Ne demeure bientôt qu'un point lumineux au centre d'une sphère d'ombre. Alors dans ce point il voit une muraille, dans cette muraille une porte ouverte sur un soleil insoutenable, devant cette porte, assise, Dame Enlila vêtue de noir, pareille à une vieille femelle fatiguée. Elle le regarde intensément, lève la main droite, figure un cercle, le pouce joint à l'index. Elle dit :

— Maïni.

Elle fait un geste semblable de la main gauche. Elle dit :

— Maïni encore.

Puis elle unit les deux cercles. Elle dit :

— Maïni infinie.

Elle se tait un instant, les doigts tremblants durement accolés, le cou décharné, tendu, le regard douloureux. Alors un rugissement de fournaise envahit l'enfant muet, il se penche car devant lui les lèvres bougent, il entend à grand-peine la voix maintenant effrénée, impérieuse, tourmentée. Il empoigne aux épaules Enlila-la-Vieille et la secoue. Il entend :

— Rambo roule sur Maïni de droite, roulant il tombe sur Maïni de gauche, Rambo meurt à Maïni de droite, Rambo naît à Maïni de gauche. Rambo roule sur Maïni de gauche, roulant il tombe sur Maïni de droite, Rambo meurt à Maïni de gauche, Rambo naît à Maïni de droite. Infiniment, infiniment, infiniment, de vie en mort, de mort en vie, va le chemin du Voyage.

Ainsi parle Enlila-la-Vieille. Une rage intraitable affole l'enfant. Il prend à deux mains sa tête, écorche son crâne.

— Je veux voir.

Il a l'apparence d'un immense Dagan de pierre au front dur. Il fait un pas vers la porte de feu. Sa face rougeoie. Enlila se dresse, épouvantée, les bras battant l'air, elle l'étreint, l'entraîne, hurlant contre sa bouche :

— Arrière, insensé! A la caverne! A la caverne!

Alors le voilà soulevé, emporté comme un insecte dans une bourrasque noire, la rage l'abandonne, la porte, la muraille, Enlila-la-Vieille basculent et ne sont plus.

La lumière explose, il monte, tourbillonnant, bras et jambes ouverts, il voit une nuée d'étoiles tomber au fond d'un puits, il monte encore, il voit s'éteindre un point de braise au centre d'une sphère d'ombre. Il dérive un instant dans le silence opaque. Il respire profondément. Il est assis dans la Caverne Dernière. Derrière ses yeux s'inscrivent clairement le visage de la reine splendide, et ces paroles muettes :

— Tu vois sans regard. Maintenant tu es un Grand Dagan, comme Chilam et Sath.

Il déchiffre les mots bouleversants, il tremble, il ne peut tenir son cœur. Une rumeur de questions jubilantes l'envahit. Impatient, maladroit, la bouche close il parle :

— Ai-je vu Maïni de gauche?

— Tu as vu le seuil des esprits. Ce lieu où nous sommes est le seuil des corps.

— Pourquoi étais-tu si vieille et si douloureuse?

— Nous avons voyagé vers la fin de notre âge, jusqu'à l'instant de tomber au-delà.

— Tu m'as instruit à grand-peine.

— Nous étions en danger de mourir avant l'heure. J'ai subi ta fureur. Tu seras terrible et fragile.

— J'ai voulu savoir plus loin que tes paroles.

— Savoir ne sera jamais ton vrai désir. Tu vivras fasciné par la porte de feu.

— Je suis fils de Chilam le sage.

— Tu es un Dagan redoutable.

Rambo le muet navigue dans son esprit, cherchant à fuir ces paroles qui lui déplaisent. Il s'engouffre dans le ciel vide. Il découvre Dame Enlila debout sur la troisième terrasse. Elle désigne, le doigt tendu, un point précis à l'horizon du désert rouge. Alors il est auprès de Nilée, la servante de Sath. Par les sables elle va voûtée, car le soleil est accablant. Son corps est sec, le vent la suit, l'environne de poussière. Elle vient vers la citadelle lointaine que la chaleur embrume. L'enfant muet regarde son visage aigu, ses lèvres larges obstinément fermées, ses yeux obscurs et mélancoliques, il écoute le crissement régulier de ses pas dans les dunes basses. Il s'étonne. Il dit en son esprit :

— Quelle douleur la folle est-elle allée perdre par ces chemins sans vie?

Les paroles abîment l'image, qui tremble et se dissout. Il erre, hors de son corps, dans un brouillard lumineux, cherche Enlila, découvre deux enfants à l'ombre d'un arbre, sur la plaine verte. Chilam est assis près d'eux. Il ne semble pas être conscient de leur présence, ni entendre la femelle lointaine qui les appelle. Son dos jusqu'à la nuque est appuyé contre le tronc lisse, ses mains reposent sur ses genoux, un rayon de soleil danse sur son crâne, au gré de la brise. Rambo regarde intensément le vieillard immobile. Il voit, dans ses yeux vagues, naître un sourire malicieux. Il entend :

— Salut, fils nouveau.

Une émotion violente l'échauffe, efface à demi le visage de son père. L'arbre se défait dans une brume crépusculaire. La plaine et les enfants ne sont plus. Alors la main d'Enlila passe devant ses yeux troublés. Il voit ces mots inscrits sur la paume :

— L'afflux de sang chasse la vision claire. Maîtrise tes ruisseaux.

La voix de Chilam lui parvient, à peine perceptible :

— Reviens lentement. Ne cherche pas. Je suis dans ton corps.

Rambo écoute, impose à son cœur le silence, les nuées devant lui se dissipent, il revient. Le feuillage à nouveau se balance sous le soleil calme, le visage vénéré à nouveau le contemple. Alors il perçoit ces paroles terribles :

— Sath est mort.

Il retient son souffle, dompte son sang furieux, tient en lisière toute passion. L'image frémit mais ne sombre pas. Il sourit, il pense :

« J'ai conquis la liberté forte. Maintenant j'ordonne que l'apparence s'efface. »

Le regard de Chilam envahit brutalement son esprit. Il entre dans une vapeur d'aube grise, cherche la mort du scribe et la découvre. Il regarde froidement et revient à la Caverne Dernière.

— Cet Homli se nomme Izahi, dit Dame Enlila. Il n'a pas abandonné le bâton.

— Je veux le connaître.

— Va. Désormais je ne t'aiderai plus. Adieu.


Izahi est sur la place de Village-Premier, assis à l'ombre longue d'une hutte. Lans, Bal et Cori, ses compagnons, sont accroupis devant lui. Leur bouche

est ouverte, leurs yeux brillants car le trouveur de feu
parle à voix rude et souveraine :

— Vous irez au-delà de Grands-Signes, vers le marais
du Sud. Vous couperez des roseaux durs, vous les affû-
terez sur une pierre sèche. Puis chacun de vous choisira
son arme.

Il saisit son bâton, fouette le vent. Lans et Bal reculent,
les bras levés devant le visage. Cori ébloui s'agenouille, tend la main vers le poing fermé. Izahi dit
encore :

— Alors vous effacerez pour toujours la Longue
Course de vos mémoires. Écoutez-moi, j'invente : je
vais le long du fleuve avec Illa, nous jouons à lancer des
galets sur l'eau, nous avons faim, c'est bientôt l'heure
de Toumbo. Soudain, devant le soleil rouge, sur un
rocher, surgit un Dagan. Mes jambes ne m'emportent
pas, elles sont dures. Les jambes d'Illa frémissent à
peine, elles restent droites. A deux mains je tiens un
roseau pointu. Illa aussi, à deux mains. Nous ne bougeons pas. Le Dagan flaire l'air et grince, et gronde.
Il est fort, les muscles de son poitrail sont saillants. Nous
ne bougeons pas. Il s'étonne. Je crois que nous l'ef-
frayons.

— Il ne comprend pas, il ne comprend pas, dit Cori,
exalté. Alors, il a peur.

Izahi mime, l'air terrible :

— Lentement il s'avance, puis il feinte, jette vers nous
ses griffes. Elles sont terriblement tranchantes. Nous ne
bougeons pas. Il ne peut nous atteindre, nos bâtons sont
plus longs que ses bras. Alors il gémit, une sueur malo-

dorante envahit son front, il pense : « Ai-je devant moi de simples Homlis ou des dieux inaccessibles? » Il n'ose pas fuir, il nous croit chasseurs peut-être, il trébuche, il se laisse aller dans le fleuve et part à la dérive comme une branche cassée. Savez-vous ce que j'aurais fait, compagnons, s'il avait bondi sur Illa?

Il fiche comme en un corps la pointe du pieu dans la terre.

— J'aurais troué sa poitrine.

Lans, Bal, Cori et d'autres, détournés de leur chemin par l'éclat de la fière histoire, s'exclament, rient, battent des mains.

— Tu es un beau fanfaron, dit Bal. Je t'aime.

— Tu parles comme un soleil, dit Cori. Je veux un roseau pareil au tien.

Izahi se dresse, sa face rougeoie, dans ses oreilles le sang bourdonne, il se sent vaguement ivre. Son œil étincelant contemple l'assemblée puis se perd au loin, s'éteint un peu, s'embue. Il dit, à voix basse :

— Où est Illa?

Nul ne répond. Une brève fatigue accable ses épaules. Quelques Homlis s'approchent, touchent craintivement l'arme plantée, hochent la tête.

— Je veillerai sur toi, dit Lans. Que l'Oiseau Toumbo éclaire notre chemin.

Le trouveur de feu agite sa crinière brune, bondit sur un fagot de lianes, lève haut les bras, s'abreuve d'une longue goulée de brise.

— Écoutez encore, fils de Maïni!

Chacun se tait et tend le cou.

— La paix, gronde une femelle qu'un enfant turbulent irrite.

— Bal, lève-toi, dit Izahi. J'invente : tu vas seul dans la prairie, armé d'un bâton aiguisé. Tu rencontres un Dagan. Que fais-tu?

Bal grimace, singe la débâcle, rugit comme un vieillard perclus tombé sur un buisson d'épines :

— Ahi! Ahi!

L'assemblée fiévreuse remue, murmure, approuve. Quelques Homlis ruisselants, venus du fleuve, s'assoient contre les huttes, à portée de voix. Ils écoutent, le regard luisant, la bouche souriante.

— Frère pitre, imagine maintenant : Lans et Cori t'accompagnent.

— Armés d'un bâton?

— Armés comme toi.

Un instant Bal reste pantois, se gratte violemment le crâne puis rit, ouvre les bras, prend à témoin les vivants qui l'environnent :

— Dites, que peut faire un Dévoreur devant trois roseaux pointus? Dites?

Un étrange et furieux bonheur envahit lentement les visages. Des images nouvelles et fortes se fraient un chemin dans la broussaille des esprits. Cori pousse un grand cri joyeux, prend un enfant à la taille, l'élève contre le ciel.

— Que peut faire un Dévoreur devant trois roseaux pointus, fils de femelle jolie?

Un rire explose quelque part. Un vieillard gris et long, d'ordinaire taciturne, bondit et danse.

94

—Toumbo, Toumbo, que peut faire un Dévoreur devant trois roseaux pointus?

— Toumbo! Toumbo! chantent les Homlis.

Izahi dit à Lans, qui n'entend pas :

— Où est Illa?

L'esprit de Rambo, le voyant sans regard, s'éloigne de Village-Premier dans une tempête obscure.

# 9

Jusqu'à la fin du jour les Homlis coupent des roseaux au-delà de Grands-Signes, à la lisière du marais. Besogne acharnée : les mains échauffées se criblent d'échardes, la sueur ruisselle sur les échines courbes. Mâles et jeunes femelles ne parlent qu'à mots brefs, à voix basse, enroués par la crainte d'éveiller les démons humides de la lande rectiligne vaguement empuantie par de lointaines putréfactions. A l'heure où le soleil tombé embrase les longs sables gris et les langues d'eaux mortes ils s'éloignent, les bâtons embrassés sur les poitrines, furtifs et désordonnés, semblables à des voleurs troublés. Parvenus au bord du fleuve ils s'assemblent sous un arbre feuillu et vont au pas. Alors renaissent les rires et les paroles délivrées de tout effroi.

Ils sont en vue de Village-Premier quand paraît Toumbo, étoile verte au fond du ciel somnolent. Cori joyeusement hurle et le désigne :

— Frères, voici le Bienfaisant! Qui mangera le premier fruit de son ventre?

Les Homlis poussent une clameur ravie, se bousculent et partent au galop par les sentiers de sable, les

97

talus, les fourrés, assaillent la colline Sein-de-Maïni, atteignent le sommet à l'instant où s'ébroue l'oiseau plus vaste que la plaine. Son bec effilé se fend, sa gorge exhale la longue plainte, son œil pareil à la grande lune fauve ne daigne pas voir les vivants qui le contemplent, et pleure des flammes. Les mille couleurs de son plumage s'empourprent dans les brumes bouleversées, ses ailes majestueuses que des torrents d'or traversent s'agitent lourdement. Les ténèbres tremblent. Au fond de l'Est dans le désert rouge s'élève un tourbillon de sable, à l'Ouest sur la plus haute cime de la Porte de Roc remuent des rocailles, et sur la colline au bord du fleuve naît une brève bourrasque qui couche l'herbe, siffle dans les buissons, attise les braises tombées. Toumbo monte lentement, il rejoint les étoiles. La nuit s'apaise. Alors les Homlis exultent, dansent, s'ébouriffent, cabriolent, lancent au ciel leurs bras armés de bâtons neufs, embrochent les fruits dérivants, les dévorent à même le dard, s'épuisent à chanter aux astres des mots d'amour extravagants.

Bombance faite, ils vont en foule à Village-Premier où les regards longtemps demeurent allumés et les paroles alertes. Devant les portes entrouvertes Cori, solennel et fiévreux, offre des roseaux affûtés aux vieilles femelles inquiètes. Derrière la hutte de Fa, Izahi instruit Lans, l'adolescent svelte et fragile. Ils sont assis dans l'herbe, face à face. La voix du maître est véhémente, le regard du disciple affamé de savoir.

— Pour que le bâton dans ton poing ne glisse pas comme un poisson huileux, frotte tes paumes de poussière. Elles sont trop humides, trop lisses, trop tendres. Je les veux rêches, coriaces. Je les veux méchantes.

Dans la nuit que nulle brise n'émeut ils entendent résonner des rires fantasques. Alors leur visage exalté s'apaise. Ils regardent frémir la croupe de la lune sur l'eau murmurante et noire. Lans s'allonge, les bras en croix, et dit, rêveur :

— Des mains de guerrier sauront-elles caresser le ventre des femelles?

Izahi sourit. Des voix lointaines les appellent. Ils courent au jeu. Sur la place, Bal devant le feu chante et danse. La lueur des flammes illumine ses fesses luisantes, son échine ployée, sa tignasse aux boucles ivres, ses joues gonflées, ses mains battantes, ses yeux noirs, rieurs et pointus. A pas ralentis il s'avance vers son ombre immense et ténébreuse dressée contre une hutte pâle. Il la défie, elle le menace. Il griffe du pied le sol, truculent et bravache, il harcèle les villageois assis en rond autour de lui, provoque des femelles, les pique de cris vaillants. Des éclats nerveux lui répondent, des grimaces, des bourrades.

Passe la nuit. Lentement, Balaha-de-la-Lune tend ses mains grises sur les braises du fagot d'or. Alors des silhouettes lasses s'éloignent, des portes grincent, des voix s'éteignent, des corps mêlés s'écroulent sur des litières et d'autres sous les étoiles, au pied humide des murs. Bientôt sur la place seuls restent éveillés les quatre compagnons blottis autour des cendres chaudes du foyer. Izahi parle à voix basse :

— La vieille vie est accomplie. Désormais nos corps

ne doivent plus souffrir les déchirures. Dès l'aube nous
instruirons le peuple Homli. Cori, tu porteras à Geste-
de-l'Arbre mes paroles et nos bâtons. Bal, tu feras de
même à Grands-Signes. Toi, Lans, à Roseau-sous-le-
Ciel. J'irai à Figure-de-Sable et à Parole-de-l'Oiseau.

Bal fredonne à voix railleuse :

— Qui habite à Parole-de-l'Oiseau, frères, le savez-
vous? Illa-langue-douce! Illa-seins-délicieux!

Izahi empoigne sa chevelure et le culbute en riant
dans la poussière âcre.

— Que les songes des fous t'emportent, bouffon!

Le joufflu aux yeux noirs glousse, l'étreint, le baise
au front. Lans et Cori, couchés, grognent et s'en-
dorment.


Dans les sept villages sonne le Chant de l'Aube. La
rosée fume sur la plaine réveillée. Vers les quatre
horizons les quatre vivants courent lourdement, des
fagots de roseaux liés sur les épaules.

Illa chemine, face au soleil, sur la rive du fleuve
vaporeux. Son visage est tourmenté. Au-delà du prochain fourré va surgir Caillou-du-Milieu, l'île rousse
sur l'eau scintillante. Son cœur bat durement. Elle
se repose un instant dans l'ombre d'un arbre au feuillage bas, frotte ses paupières brûlantes d'herbe mouillée,
puis s'avance, toute bride rompue. Debout sur un rocher
moussu tranchant comme une étrave, Dame-sans-Nom
lève un bras maigre et agite sa canne dans l'air bleu.
Illa impétueuse plonge parmi les algues, fend le courant,
tend une main ruisselante, s'agrippe au bâton tendu,

escalade le roc, s'ébroue, disperse dans l'œil du ciel un essaim bruissant d'insectes aspergés. Puis debout sur la pierre rugueuse et chaude longuement elle hume la brise, les parfums menus, les couleurs paisibles du paysage, chair frémissante de la lumière. Elle regarde l'île aux buissons mouvants jusqu'à la poupe découverte, le fleuve large au-delà dérivant, la colline verte à la courbe franche. La sorcière circonspecte examine son visage ensoleillé, chuinte du nez, branle du chef à petits coups, de longues mèches de cheveux piquées de pailles et d'épines tombent sur ses yeux mi-clos, le bout de sa canne racle le sol, des graviers grincent dans sa gorge, roulent entre ses lèvres immobiles :

— Illa, hé? La jeune Illa veut-elle saluer la mère nouvelle du trouveur de feu, ou manger sa cervelle?

— Je viens en paix. Je veux être instruite.

L'œil noir de la vieille s'arrondit, sa bouche se fend, un rire bref secoue ses épaules poussiéreuses.

— Tu viens en paix? Bonne nouvelle, bonne nouvelle.

— Je veux suivre Izahi. Je ne peux. Apprends-moi.

Dame-sans-Nom ricane et sautille, tourne autour de l'amoureuse, la tête penchée de côté, flaire ses flancs et ses aisselles. Puis brusquement elle regarde son front et, jetant au ciel un cri triomphant, saisit sa main, bondit et l'entraîne par les broussailles, follement agile, hurlant aux ronces sifflantes, aux arbustes cinglants, aux fleurs éclatées sous le galop :

— Arrière mes bêtes jaunes, mes rouquines épineuses, mes filles mauves aux doigts durs! Laissez passer la chair tendre de la belle Illa! Ahi, mes cailloux taciturnes, elle veut être instruite! Ahi, mes peuples muets, soyez accueillants car elle est aveugle, la toute bonne! Elle est aveugle, la fragile! Elle est aveugle!

A bout de course les voici face à face au centre du repaire rond aux murs d'herbe, au toit de ciel. Elles ne parlent ni ne bougent et leur ombre est brève sur le sol battu, car midi vient. La vieille à petits coups renifle l'air parfumé, le cou tendu, le menton aiguisé. Des rides profondes sillonnent sa peau chauve entre ses seins, outres vides, dans sa bouche tremblent des plaintes prisonnières, dans ses yeux brillent des larmes lointaines. On dirait qu'une guerre intime la ravage, des cuisses raides au front broussailleux. Ses longues mains tannées, maigres, rugueuses, s'élèvent lentement, se posent sur les joues de l'amoureuse, rampent vers ses tempes. Alors les doigts secs poussent des nuées noires dans le crâne cerné, des portes s'ouvrent sur des déserts que traversent comme vents des rumeurs de paroles et des fantômes aux figures grises vaguement familières.

— Vois! crie Dame-sans-Nom. Vois!

Elle aboie. Alors devant Illa une foule brumeuse soudain s'assemble et la sorcière expire mille volutes de poussière dorée, elle crache de longs serpents de feuilles rouges que des mains avides se disputent, elle ouvre ses bras décharnés, dans ses poings aux os saillants des galets incandescents suent des ruisselets de lave délicieuse et des visages se bousculent sous la manne, des paumes creuses se tendent.

102

— Bois la sève, femelle obstinée! Ahi, bois la sève nouvelle!

Une bouche immense rugit contre la bouche d'Illa qui halète, se débat, tombe à genoux. Elle gémit, car des nuées d'Homlis maintenant courent à sa rencontre sur la lande chaude, traversent sa poitrine, s'éloignent, s'envolent, se défont contre un nuage bas. Elle les suit jusqu'au seuil de la brume. Au-delà de l'image avalée ses bras battent l'air étouffant, son regard effaré refuse violemment l'apparence impalpable, exige les arbres, les herbes, les rochers véritables. Elle griffe la terre. Elle entend :

— Ta cervelle est fermée comme un œuf. Je ne veux pas la fendre, ma jolie, je ne veux pas la fendre!

A grand-peine Illa se dresse. Elle titube. A nouveau voici l'imperturbable sérénité de la lumière, le fleuve juste, au loin, le ciel sur le paysage exact. Elle respire, elle s'emplit de brise jusqu'au tréfonds, elle renaît. Dame-sans-Nom la regarde, les deux mains appuyées sur sa canne. Le front plissé, l'œil rond, elle ricane.

— Tu es obtuse et courageuse. Tu me plais.

Illa un instant combat quelques relents d'effroi puis parle à voix douce et franche.

— Je ne veux pas être soûlée. Je veux comprendre. Je veux aimer clairement.

La décharnée crache un long jet de salive jaune dans la poussière. Elle murmure :

— Tu veux mon savoir, hé, femelle rare?

— Oui.

— Il t'écrasera.

— J'ai décidé que tu ne me ferais pas peur.

L'amoureuse au visage lisse a dit en tremblant ces mots, et maintenant son cœur l'étouffe car soudain la vieille mère, tous masques déliés, pleure fièrement, mille soleils dans l'œil limpide. Noble, belle, droite à décrocher le haut amour des vivants célestes, elle répond ces paroles sonnantes :

— Tu seras instruite, enfant, tu seras instruite. Sur cette île mienne nommée Caillou-du-Milieu j'en fais le serment. Un jour autour de mon corps immobile tu subiras la plus longue, la plus terrible chasse jamais courue. Tu sauras que les pires monstres sont pétris de lumière. Je t'aime, innocente. Jusqu'à ce que je t'appelle reste dans l'ombre d'Izahi, sans comprendre. Dès demain les Dagans vont férocement traquer les désarmés. Adieu.

Illa s'éloigne en silence. Dame-sans-Nom la suit du regard et médite. Des insectes se posent sur son visage tant elle est pareille, immobile sur l'aire, à un tronc d'arbre effeuillé.

# 10

A Roseau-sous-le-Ciel Lans le tendre instruit les Homlis assemblés. Les portes des huttes abandonnées grincent doucement entre pénombre et lumière, les nourrissons dodus babillent, couchés dans l'herbe à l'ombre des fagots, les bras tendus à la grande fleur épineuse, éblouissante, déployée dans l'air bleu, mais aucune femelle aux seins lourds ne chatouille en riant leurs côtes, aucun mâle faraud n'affûte son nez contre la brise, aucun vieillard bouclé ne savoure les musiques du matin. Tous, sur le sol pelé, se tiennent droits derrière les piques verticales fièrement empoignées. Tous, les sourcils froncés, sont à l'affût des paroles sauvages, les puissants et les maigres nerveux, les femelles lunaires, les peureux, les rusés, les pucelles vaillantes, les ternes inquiets à l'abri des épaules fortes, les couples simples aux mains unies, les mères placides, les rayonnantes solitaires, les chenus brumeux, les enfants impatients aux yeux de braise noire. Tous regardent Lans le timide intelligent. Ses gestes sont secs comme les aiguilles du soleil. Il parle avec l'assurance fiévreuse des illuminés :

— Quand un Dagan surgit sur le pré, appelez dans vos corps l'âme inaltérable des arbres. Nouez à l'os vos muscles fuyards. Verrouillez vos mâchoires grelottantes. Avalez sans grimace vos salives acides. Ignorez vos entrailles geignardes. A toute force par une fenêtre imaginée jetez hors de vos crânes le sang bourdonnant et les rouges vapeurs du vertige. Exigez devant vous, dans la lumière sans défaut, le contour précis du Dévoreur. Regardez-le, frères Homlis, il se dandine, les bras ballants. Deux rides profondes se creusent entre ses yeux étonnés, ses tempes plates ruissellent, ses paupières battent, affolées comme des ailes sans oiseau, un grain d'écume point entre ses lèvres arquées, ses cuisses frémissent, ses mains indécises cherchent sur l'air appui, ahi, regardez-le, il va mourir, le simple triste! De la poudre de soleil salé brûle vos prunelles. Ne cillez pas. Attendez comme des rocs.

Devant une gerbe de branches, il mime l'admirable combat.

Cori parle, à Geste-de-l'Arbre, Cori aux joues creuses, au front bombé comme un tonnelet de bois lisse, à la chevelure haut plantée, rousse et raide. De fulgurants éclats d'exaltation joyeuse traversent son visage sévère. Le roseau vibrant dans son poing aux jointures pâles menace le poitrail d'un Dagan imaginaire mais puissant comme un dragon à la langue de feuillage enflammé. Chacun le voit dressé contre l'azur, en songe éveillé. Le soleil géomètre grave sur l'aire l'ombre vaillante du maître guerrier aux angles francs. On s'exclame parmi le peuple, on s'émerveille, on rugit d'aise. Mais voilà qu'un enfant tout menu surgit entre les jambes velues, se dandine sous la barbe du combattant, gonfle ses joues, bat du poing son ventre rose et singe la fière posture. On se désigne le bouffon minuscule, on s'esclaffe à grand bruit. Cori se redresse, son regard est troublé, il sourit comme un adolescent maladroit. Tendrement il veut prendre l'effronté dans ses bras, mais il n'a pas la grâce des pères amoureux, sa pique soudain l'embarrasse, et le petit effarouché feinte, lui échappe, agile, furtif, court vers un arbre fleuri, le cul goguenard. Alors, celui qui ne sait pas apprivoiser les fragiles reste un bref instant confus, sa caresse refusée au bout des mains tendues. Puis, rougissant et brusque, il se retourne vers l'assemblée, les poings sur les hanches, et voilà son ombre haute sur le visage d'une femelle malicieuse. Il lui dit :

— Pucelle, ton roseau est trop flexible, tes épaules trop rondes.

Elle répond :

— Peut-être, Cori-sans-fils, mais vois : mes seins sont durs et ma bouche est charnue.

Vivement elle se hausse et baise ses lèvres. Les Homlis rient à fracasser le ciel, les bâtons brandis s'entrechoquent. A nouveau Cori le farouche s'enhardit, il élève au-dessus du peuple ses bras, son roseau tournoie puissamment et dans l'air remué moissonne la clameur. Il tonne :

— Votre joie béate m'effraie, enfants de Maïni! Vos rires résonnent à mes oreilles comme des craquements

d'os! Changez de cap, esprits innocents! Quittez vos
brumes de fleurs! Ahi, par Toumbo le quotidien, arra-
chez vos masques de pâles soleils! Faites sonner le
raffut de l'ardeur batailleuse parmi ces huttes éblouies!
Frappez du poing vos ventres polis comme des pierres
chaudes, enfoncez des diamants noirs dans vos nom-
brils! Ahi, plantez fièrement vos cris rougeoyants dans
les entrailles du ciel et vos pieds onglés dans la terre!
Débridez vos quatre membres! Dardez vos bâtons
roux! Fendez la lumière du monde, beaux Homlis!

La sueur ruisselle sur ses tempes veinées, il rugit,
pique des flancs, pris de joyeuse hargne, cingle des
fesses dures, allume savamment l'impatience guerrière,
oblige à flamboyer des assauts ébauchés parmi le
peuple aiguillonné. On dirait que l'air bleu soudain
rumine une tempête. Les échines frémissent. Un puissant au front carré bondit devant une femelle rieuse
et danse la bataille sacrée. Alors dix mâles frappent
du pied le sol, attisent le ciel hardiment, provoquent
les timides aux mains moites et les pucelles criardes,
des adolescents imberbes assaillent des palissades, des
vieillards accroupis hochent la tête, éprouvant de l'index la pointe des bâtons, des enfants délurés galopent,
piaillent, brisent des branches maigres, agacent le nombril des femelles au regard affamé de gestes nouveaux,
des fous vigoureux gonflent leur poitrine, exhalent de
tonitruantes fanfares, courent à l'ombre vaste des
arbres parasols, se piquent dans l'œil des traits de
soleil, les bras ouverts, le corps en arrière jeté, et
chantent là, pareils à l'arc tendu, jusqu'à ce que tour-

billonnent des braises devant leurs pupilles aveuglées. Cori, les bras croisés sur le torse, deux fauves tapis dans les yeux, contemple un instant ses frères enfermés dans leur fracas puis s'éloigne lentement, le bâton sur l'épaule. Quand il disparaît derrière l'arbre fleuri, nul ne prend garde à son absence.

Sur la place de Figure-de-Sable, Izahi poudré de poussière parle aux sages assis dans l'ombre d'une hutte :

— Toi, Saha, toi, Lei, écoutez, j'invente l'aventure de Cœur-Petit le solitaire. Soyez attentifs car je dis les actes du futur succulent.

Il mime :

— Cœur-Petit le solitaire insouciant va dans l'herbe tiède, le bâton sur l'épaule. Il suit les nuages légers, fredonnant une complainte paresseuse.

Saha sourit, l'esprit de Lei est à l'affût dans ses oreilles.

— Soudain, ahi! Au pied d'un rocher il marche sur l'ombre longue d'un Dagan. Il bondit! Ses talons battent ses fesses, il feinte, il fuit, il fend l'air, pareil au caillou lancé. Où va-t-il, compagnons? Droit, tout droit au village!

— Au village? Au village peuplé?

— Coutume nouvelle! Le voilà qui devine derrière ses larmes les toits de branches, il renifle, il flaire le parfum de la paille et des lianes en fagot. Alors il hurle la longue plainte de Toumbo, il déchire sa gorge, il ameute les mille vivants, et les mille vivants accourent des mille horizons, ils chantent à voix perçante pour échauffer leur âme, ils traquent le chasseur étonné parmi les huttes, ils le cernent sur la place, ils trouent son corps, acte superbe! Voici le sang!

Izahi fait silence, lève l'index devant sa bouche, poursuit à voix grave le conte :

— Alors sur l'herbe rouge Cœur-Petit le solitaire est raillé durement car il est semblable à l'enfant mal éveillé. Chacun lui dit : cendre de cervelle, nul ne doit aller seul en promenade! L'ignores-tu? Par trois vont les Homlis véritables! Chacun lui dit : allume tes oreilles, épingle à ton front tes paupières molles, écoute, vois. Trois compagnons courent la plaine, un, deux, trois. Ils rencontrent un Dévoreur vert comme toi, crachat d'insecte. Ahi! Le premier menace le ventre, le deuxième le flanc, le troisième l'échine. Dis, bouche épineuse, qui meurt, s'il ne fuit pas, l'œil nuageux, les griffes grinçantes? Le Dagan, le Dagan, répond Cœur-Petit, accablé de rires moqueurs. Alors il va pleurer sur sa litière, tandis que les Homlis courent au bain, ou s'allongent sous les arbres paisibles, parlant d'amour, la langue frémissante entre les lèvres mouillées. Telle est l'histoire. A Figure-de-Sable, frères sages, contez-la souvent.

D'ordinaire, rien n'émeut Lei aux yeux clairs. Aujourd'hui il prend Izahi aux épaules et baise sa joue.

— Ton esprit est une flamme lumineuse. Tous les soirs, au seuil des huttes, j'instruirai les vivants d'ici. Je pétrirai des cœurs nouveaux.

Saha la sereine aux douze fils ne dit mot mais son regard pétille.

Les Homlis des sept villages ont bu le feu. Ils sont tous des nouveau-nés. Bal le glorieux au ventre rond rit sous les arbres, environné de jeunes mâles aux bouches sonores, aux barbes frisées. Cent fois l'arme au poing il a combattu l'impalpable ennemi. Cent fois les villageois ont étreint ses tempes ruisselantes et posé sur son front leurs lèvres rieuses. Maintenant il déambule noblement dans l'ombre légère, tenant par la nuque deux enfants au torse bombé, aux sourcils droits, au regard tisonné par la fierté pétillante. Il bavarde, la langue agile parmi les songes :

— Moi, Bal le joufflu magnifique, je vous le dis : aujourd'hui le soleil est heureux dans le ciel rutilant, son poitrail est gonflé d'écume sucrée, car il est amoureux de nous! Voyez-le, frères, dans la houle lente du feuillage. Il nous cherche, il nous désire, il jouit à poser ses mille doigts étincelants sur nos crânes aux coutures opaques. Et le vent! Frères, je vous le dis : aujourd'hui le vent aux narines avides, le vent aux mains ailées est amoureux de nous! Voyez-le frétiller dans l'herbe nerveuse, grimper sur nos épaules et lisser nos fourrures! Comme il nous chérit! Comme il a envie de s'amollir douillettement dans nos poitrines! Et les arbres chevelus! Écoutez leurs mille murmures fervents! Et le fleuve au ventre offert! Et Maïni! Frères, je vous le dis, aujourd'hui Maïni s'éveille dans nos esprits inviolables, lavée comme un galet dans la

111

source neuve comme l'œil du nouveau-né fringant!

Il se tait et rumine. Ses compagnons dansent autour de lui, le poing armé de rameaux flexibles. Il bat du pied l'herbe moite, son visage s'illumine.

— Frères, frères, Maïni n'est plus celle que vous avez connue. Maïni est une enfant nouvelle! Écoutez, je vais vous dire exactement comment le grand désir semeur de peuples l'engendra, et que soit brisé mon roseau si je rudoie la vérité merveilleuse!

Il s'assied sur une pierre blanche. Une branche basse orne son front de feuilles. Il pose à terre son bâton entre ses genoux ouverts, sourit, lève l'index et raconte aux enfants la création du monde.

# 11

— Alors, dit Chilam, comme je traversais la première terrasse, trois vieillards impotents ont saisi ma cheville et m'ont demandé de la chair. Je leur ai répondu que nul n'en avait ici mais qu'ils seraient bientôt satisfaits car le veilleur du Sud avait aperçu des Dagans cheminant le long du fleuve, chargés de vivres à foison. En vérité je t'avais obéi : j'avais à l'aube désigné neuf chasseurs parmi les plus violents. A l'heure où le soleil passe au faîte du ciel je les ai vus l'un après l'autre revenir. Ils suivaient l'ombre étroite de la muraille, honteux et fourbus. Aucun chant, aucun enfant piaillant aux babines rougies ne leur faisait escorte. Le pas divagant ils ont traversé la grande cour de l'Ouest parmi leurs frères silencieux et sont allés s'agenouiller dans les salles désertes, le front contre les dalles, la langue salée entre les dents. A voix basse je leur ai demandé où étaient les viandes. Ils ont élevé devant mes yeux leurs griffes sèches et m'ont dit, la bouche tordue, qu'ils étaient bredouilles car aucun villageois velu n'avait, aujourd'hui, croisé leur chemin sur la plaine. Seul Rambo le muet a franchi le portail triangulaire, le dos

ployé sous la carcasse d'une vieille femelle de Grands-
Signes tranchée en deux quartiers. Il était épuisé comme
un sexe après quatre soleils de besogne amoureuse.
Quand son corps fumant s'est effondré dans la poussière, mon cœur a durement mordu ma poitrine. La
chasse, dame reine, fut presque désespérée. Depuis
hier les Homlis sont assemblés dans les villages. Il n'y a
plus d'errants.

Chilam se tait. La lueur fauve d'un flambeau grésil-
lant fiché dans le mur de la chambre profonde illumine
son crâne poli, les veines de sa tempe, sa joue creuse,
les rides fines au coin de l'œil inquiet, ses mains longues
à demi dissimulées par les plis de la robe. En face de lui
Dame Enlila est assise dans le fauteuil de pierre, un
ample manteau enveloppe son corps, la nuit cerne son
visage au regard sombre, innocent et serein. Elle reste
un moment rêveuse puis sourit sans que bougent ses
traits parfaits. Alors une lampe nouvelle s'allume dans
les yeux du vieillard au grand savoir. Il sourit aussi,
l'espoir dans sa chair éclôt comme une aube, envahit
ses labyrinthes humides, chasse l'angoisse, inconsistante
brume. Il murmure :

— Dis-moi que nous cheminerons encore avec l'ai-
sance grave des pacifiques, le souffle sans défaut, le
corps sans blessure.

Elle répond doucement :

— Non.

Chilam se détourne, la flamme de la torche traverse
ses prunelles, ses paupières battent, il porte au front
sa main tremblante car à nouveau fléchit l'axe de son

esprit. Il fait le long du mur quelques pas indécis, effleurant de l'ongle les incunables jusqu'aux ténèbres entassés. Il dit :

— Faut-il que le peuple soit décimé? Faut-il que tombent en poudre les livres aux belles paroles parmi nos ossements?

Dame Enlila répond encore :

— Non.

Elle soupire et tend la main au Grand Dagan. Il vient vers elle, l'esprit troué. Le pan de sa robe au passage évente un obscur recoin, remue d'antiques rouleaux d'écorce ornés de signes et de dessins peints au sang brun. Le voici dans le cercle de lumière, le cœur perclus de doutes, devant la reine au visage apaisant. Elle caresse ses doigts ridés. Elle dit :

— Vieil enfant, sage nuageux, il faut que les eaux de ton âme demeurent étales afin que les mystères se reflètent en toi exactement. Dans le ventre rond de Maïni à l'instant se déploient les échines furieuses d'une portée de vivants inconnus. Maïni est en travail d'enfantement. Tu dois prendre patience. Il est vain de harceler l'aube pour hâter le pas du soleil. Quand seront accomplis les actes au rythme juste, le chemin nouveau s'ouvrira. Alors, faillibles mais clairvoyants et bons, nous le suivrons jusqu'à ce qu'il nous conduise où nous devons aller, ou que nos corps s'épuisent.

— Il faut que meure le trouveur de feu. Il est encore temps de briser l'espoir dans les villages.

— Il est trop tard. Dès la mort de Sath il était trop tard. A l'heure de ta Grande Tombée, Chilam, ton

115

esprit s'illuminera. Tu partiras jubilant, la beauté de Maïni entre tes tempes chaudes. A l'heure présente tu ignores trop pour ne point obéir. Écoute donc : ne tente pas de contraindre la vie, je ne veux pas que le sang noie les routes possibles. Double demain le nombre des chasseurs. Choisis ceux que la faim énerve. Ordonne-leur d'assaillir les solitaires, les chétifs, les égarés. Qu'ils laissent librement courir ceux qui feront sonner leur voix. Qu'ils se détournent des vigoureux à la cuisse ferme, au fumet puissant. Chilam, je veux que désormais chacun affûte pointu son désir de vivre et boive fièrement ses propres larmes. Parmi les sources immortelles nous n'irons plus en paix.

— J'obéirai. Dans le cerveau des Dagans je sèmerai le silex étincelant. Nous vivrons.

Le cou raide, le front pareil au galet poli, ainsi parle le vieillard, mais sa voix défaille. Au fond de ses yeux humides tremble la flamme de l'unique torche allumée dans la vaste chambre. A grand-peine il maîtrise son cœur désemparé. Alors la reine compatissante baise sa main rugueuse, elle souffle sur ses doigts glacés, elle les réchauffe tendrement entre ses paumes closes plus douces que les pétales qui ornent les berceaux. Il reste impassible dans la lumière, nulle ride ne se brise entre ses sourcils, mais à l'instant où les lèvres délicates effleurent sa peau son regard cherche au loin, au-delà des murs cuirassés de livres, au-delà de l'ombre des angles, la nuit vide où pousser librement la plainte d'amour plus tendre que toute parole qui sourd entre ses lèvres fendues.

— Chilam, murmure Dame Enlila, Chilam, arbre fiévreux, flamme ténue que l'ombre cerne, vie nécessaire, je ne veux pas que la peur te pourrisse, tu es bon, ne pleure pas, je t'aime, tes douleurs me font vieillir.

Il répond, la gorge nouée :

— Aie confiance, reine parfaite, je suis à jamais ton serviteur vigilant. Sur l'herbe parfumée de Maïni aucune foudre n'ébréchera mon courage tant que tu daigneras ainsi me nourrir de paroles délicieuses. Je vais à l'instant apaiser les Dagans. Il ne faut pas que la faim entame leur cerveau.

— Vois, d'abord. Allume l'œil du dedans.

— Prudence vaine. Je n'ai pas à craindre nos frères, ils sont affables et patients.

— Vois.

Chilam perplexe reste un moment sans paroles puis s'assied sur les dalles, les jambes croisées, la tête droite, face à la reine en son fauteuil. Elle pose ses mains sur le vieux crâne, fredonnant un chant monotone et murmurant comme dans un roseau le vent. Alors ensemble ils baissent lentement les paupières. Toutes portes closes, la chambre est abolie.

Nilée la servante apparaît la première, Nilée qui pleura du sang par les seins quand sur ses genoux maigres fut couché Sath le troué. Elle est debout contre un rempart de la grande cour de l'Ouest. Aussi violemment qu'elle souffrit, elle parle. Elle harangue à longs cris d'oiseau coléreux le peuple assemblé, les bras ouverts, les hanches en avant jetées, le regard brumeux naviguant au-dessus des visages. Sa nuque est emprisonnée dans le poing de Rambo le muet, immobile auprès d'elle. Il est sous le soleil puissant comme une statue d'émeraude luisante. Dans ses yeux seuls vivants, noirs, mobiles autant que les lèvres femelles guerroient des lames éclatantes. Qui convainc, qui dompte et tient à merci le peuple bouche bée? Ce regard. Il aiguise les paroles servantes, il les pousse comme dards dans le crâne des Dagans silencieux accroupis à l'ombre tiède de la muraille, le cou tendu, le visage offert.

— Ahi, frères, je dis les mots inscrits par Rambo le clairvoyant sur ma cervelle aussi ronde et stérile et malléable que la dune du désert. Ahi! Les Homlis dans leurs villages effilent sur les pierres de longs roseaux, je les vois! La rage intelligente est à l'œuvre dans les poitrines enflées, le feu illumine leur esprit! Écoutez! A l'instant ils baisent les bâtons durs, jurant par Toumbo que leur sang ne ruissellera plus sur nos langues tendues, que leur corps demeurera scellé sur les viandes inaccessibles! Écoutez! Désormais ils n'iront plus, innocents et solitaires, à la rencontre de nos griffes par les vallons de Maïni! Ahi, Dagans aussi perplexes que des enfants égarés, hurlez, hurlez ensemble! Ils veulent nous voler leur chair! Ahi, leur chair succulente! Si l'effroi ne nous enflamme pas, si la colère ne bouillonne pas au fond de nos cerveaux, ils boiront un jour la rosée matinale au creux de nos ventres affamés, comme en des vasques! Ahi!

Nilée râle, la tête renversée, la bouche ouverte au soleil calme. Les vieillards sanglotent, les mains sur les oreilles. Des incrédules aux côtes saillantes enlacent des femelles effrayées et vont, les rides au front, contempler du seuil de la grande porte triangulaire les arbres rassurants comme des pères immuables. Des exaltés grimaçants devant la figure de Rambo poussent une clameur désordonnée, interrogent à voix bégayante et mouillée le regard embrasé par le savoir terrible. La servante au cerveau captif crache comme boules d'épines ces nouvelles paroles :

— La nuit venue, si Dame Enlila le veut, nous irons parmi les huttes comme des fantômes furtifs. Nous prendrons dans chaque village dix enfants Homlis, mâles et femelles. A genoux sur leur poitrine parmi les buissons de lianes rouges nous attacherons durement leurs membres et nous emplirons leur bouche de feuilles sèches. Nous les traînerons ici. Nous les garderons vifs et désœuvrés sur la troisième terrasse. Chaque soir nous entraverons leurs jambes et les conduirons en troupeau au bord du fleuve, afin qu'ils s'abreuvent d'eau et se repaissent de fruits dérivants. Nous les regarderons grandir, fringants, sains et odorants. Quand leur tête chevelue sera parvenue à hauteur de première branche, nous pousserons les sexes mâles dans les cavernes humides des femelles et nous fêterons chaque naissance esclave, et nous jouirons de l'abondante paix à l'ombre des hordes multipliées, frères, si Dame Enlila le veut.

Le discours est clos. Passe le temps d'un long soupir. Alors devant le peuple étonné Nilée sourit comme parfois les torturés au tréfonds des douleurs. Elle dit à l'air bleu au-delà des visages :

— Ayez pitié, je souffre les mille morts des soumis!

Et soudain elle s'arrache à l'étreinte du poing, sa tête grimace, se couche sur l'épaule haussée, ses bras lentement se ferment sur son corps, ses griffes ingouvernables labourent son ventre et l'ensanglantent. Elle supplie :

— Ayez pitié, ayez pitié.

Elle s'effondre, toute charpente en poussière. Au même instant Rambo le muet près d'elle déchire sa gorge à deux mains affolées. Par sa bouche grande ouverte s'engouffrent tous les silences du ciel, son front se froisse, son regard dévasté hurle une longue plainte barbare. Le voilà qui bondit parmi ses frères effrayés. Alors ses quatre membres sont tout à coup des fléaux battants, sa tête comme un roc dévalant culbute de-ci de-là des corps surpris et mal agiles. Il disperse le peuple, le jette au vent, des cris d'effroi autour de lui explosent, s'envolent vers les mille horizons. Bientôt le voilà seul au centre de la grande cour de l'Ouest. Il danse un bref instant comme un décervelé puis traverse l'aire à grandes enjambées et les bras ouverts s'engouffre éperdument dans le dédale de hautes pierres. Il court, dératé, par les ruelles aux fenêtres étroites, déchirant ses paumes aux façades il traverse à l'aveugle des salles sans plafond, roulant le long des murs jusqu'aux portes ouvertes, il écorche sa face au fond des impasses, revient à la lumière oblique des venelles, gravit à genoux les rampes raides et les escaliers aux marches courbées par l'usure, atteint enfin, sanglant, la troisième terrasse. Là, il tombe à la renverse, et le soleil envahit ses yeux.

— Ne le brise pas, dit Chilam, je t'en prie, ne le brise pas.

Dans la chambre profonde la torche fume, le feu vacille. La reine apaise le vieillard devant elle assis, caressant ses joues froides. Elle murmure :

— Personne, jamais, ne reçut de moi la mort. L'enfant ravageur dort dans le ciel calme.

Le Grand Dagan se dresse raide. Son visage est pétrifié. Aucun espoir ne l'échauffe.

— Ce soir, dit Enlila, la nuit venue tu iras le long du fleuve jusqu'à Village-Premier, où vit le trouveur de feu. Tu l'appelleras au large des huttes et la paix dans l'âme tu lui diras que je désire le rencontrer. Adieu.


Maintenant voilà que frissonne l'eau fleurie sous la brume légère du crépuscule. Devant la hutte de Fa, Izahi se couche sur la terre rétrécie et ses membres pesants s'amollissent. Des insectes trébuchent dans sa barbe luisante, il flaire les mille murmures des herbes menues doucement frottées contre les joues velues, il regarde entre les hautes branches se défaire un nuage au ventre mauve et sous la voûte obscure de son crâne ses pensées se dissolvent comme des dessins de sable dans la houle pâle du fleuve. Au loin sur la Porte de Roc se pose le soleil, sa longue crinière fumante embrase la poussière dorée au seuil des cavernes inaccessibles et traverse lentement le cœur sombre des gouffres. L'esprit d'Izahi est semblable au vieux lion céleste. Dans une gangue de cendres rougeoyantes il couve l'obscur repos. Illa est assise auprès de lui, les jambes enfermées dans les bras. Mélancolique elle pense au jour passé en courses et paroles violentes. Toumbo apparaît dans la nuée paisible. Izahi couché sous l'arbre, l'œil mi-clos, le regarde grandir à la frange du feuillage.

Alors Illa hurle, roule dans un buisson, bondit, environnée d'herbes argentées, détale vers le village désert, les bras au ciel. Sur l'étroit sentier entre la hutte et le fleuve un grand Dagan vêtu regarde le fils de Fa soudain debout, la pique au poing, soufflant par les narines le feu de son esprit. L'œil de Toumbo s'allume. Voici teints de cuivre fauve les corps face à face et les eaux immobiles et l'air crépusculaire, voici que les arbres s'échevellent, saluant le lent déploiement des ailes prodigieuses.

Chilam ouvre les bras, les paumes offertes. Le vent assaille sa robe obscure.

# 12

De grand matin sur la colline Sein-de-Maïni le vent fait frémir quatre piques étincelantes fichées dans l'échine fendue d'un roc pareil à un vieux taureau foudroyé. Contre son flanc velu, face au soleil levant, sont assis Lans, Bal et Cori, le menton dans les paumes, les yeux captifs. L'herbe haute les dissimule jusqu'aux épaules, devant eux Izahi agenouillé parle à voix basse. Il dit, ses mains agiles modelant ses paroles dans l'air bleu :

— Frères, j'appelle la nuit parfumée, la Mère Nuit au sexe profond, car avec elle jusqu'à l'aube j'ai fait l'amour au bord du fleuve. Voici sa chevelure sur vos visages, écoutez et voyez : Toumbo comme une braise épuisée s'éteint dans l'océan céleste, parmi les étoiles. Vous dormez dans vos huttes sombres, heureux et repus, la bouche contre la joue de vos compagnes. Moi le trouveur de feu méditatif au pied d'un arbre je suis assis. La lueur jaune de la lune baigne mes mains aux veines droites posées sur mes genoux, la rosée nocturne brille dans ma barbe bouclée, la houle infatigable du temps dans mon poitrail verrouillé polit sans hâte les parois de mon cœur, je suis serein, je veille. Devant moi est un Dagan. Il est vêtu d'une robe brune et chaussé de sandales d'écorce. Sa tête au crâne ovale est droite, son visage est maigre, noble, grave, ses doigts griffus sont posés sur ses jambes croisées, ses yeux mélancoliques regardent obstinément mon front, il sait qu'une lampe perpétuelle brûle dans mon esprit, à voix calme et retenue il me conte ces prodiges :

« Dans les entrailles de la citadelle est l'antique maison des livres. Elle est si vaste que moi, bibliothécaire, je n'ai jamais foulé l'obscure poussière de ses chambres lointaines, au fond des couloirs voûtés où nulle torche ne fut portée. Or, au cœur de cette maison profonde comme la source des sources demeure une reine très splendide nommée Dame Enlila. Depuis trois mille ans, familière des fleurs encore inexprimées, elle vit là, en heureuse jeunesse. Elle est puissante et bonne, savante et sereine autant que toutes les vies de Maïni en un seul corps. Nul ne peut la contempler sans joie, nul ne peut l'entendre sans vénérer sa compatissante sagesse.

« Quand elle vint au monde, l'Oiseau Toumbo fit d'une plume son berceau. Il la nourrit longtemps, sur une île épineuse ignorée des vivants. Quand elle se tint droite sur ses jambes vives un soir paisible il posa près d'elle son bec effilé, qu'elle chevaucha. Alors ensemble ils s'envolèrent, ils traversèrent les hautes brumes crépusculaires et, plus hautes encore, les nuits muettes. Puis elle roula dans ses ailes déployées et s'endormit jusqu'à l'aube encore étoilée. Alors elle s'éveilla dans un palais de feuilles peuplé d'œufs semblables à de grandes lunes rousses. Là, majestueux et mesuré comme un vieux roi, Toumbo le bienveillant lui révéla les merveilles universelles.

« Quand furent gonflés ses seins aux cimes brunes, armée de savoir fécond elle fut abandonnée devant la citadelle, au pied d'un arbre enraciné dans la muraille. Longtemps solitaire, par les prés et les vallons de Maïni elle vécut sans parole, sans nom. Puis, un jour de grand vent dans le désert de l'Est, sur la troisième terrasse de son royaume fermé elle ouvrit l'œil du premier Dagan qui la nomma : Enlila.

« Longtemps encore elle espéra le peuple. Quand il fut venu, dissimulée dans l'ombre franche des escaliers et des hautes pierres elle contempla sans passion les vivants nouveaux, leurs épaules charnues, leurs longues griffes, leurs jambes impatientes. Elle vit qu'ils aimaient ce ciel et cette terre. Alors, satisfaite, elle s'en fut méditer dans la maison des livres.

« Moi, Chilam, depuis soixante-dix-sept ans au monde, je ne l'ai jamais vue au vrai soleil. Je sais qu'elle visite souvent les cavernes rêveuses où, les yeux clos, elle regarde nos destins cheminer. Elle connaît ton nom, Izahi, et celui de tes frères, et celui de tes morts, Lao le simple, mère Fa. Elle connaît ta puissance nouvelle, elle l'a vue jaillir dans ton esprit lunaire à l'instant où ton poing a saisi le roseau qui troua le grand Sath, au bord du marécage. Alors elle n'a pas voulu ta mort, j'ignore pourquoi.

« Maintenant, la paix dans le cœur et dans l'âme, elle t'appelle, elle désire toucher ta face et partager avec toi son savoir. Demain, quand tu verras poindre entre deux arbres la première étoile de la nuit, trois hautes torches de résine seront allumées aux angles de sa chambre. Alors, assise dans son fauteuil de pierre polie, le dos droit comme il sied aux sages imperturbables, les pieds chaussés posés côte à côte sur les dalles parmi les rouleaux d'écorce coloriés et les grands livres aux pages brunes, elle écoutera résonner les couloirs, espérant ta venue.

« Moi, à l'heure où les Homlis s'assemblent autour des feux, je t'attendrai sur la colline. Tu viendras armé, si tu veux, quoique aucun piège ne te menace. Nous entrerons ensemble dans la citadelle par le haut portail triangulaire, puis dans le ventre de la terre je te conduirai, le long d'un labyrinthe ténébreux, jusqu'au seuil de sa demeure, que tu franchiras seul. Alors, la nuit durant, Dame Enlila t'instruira.

« Le jour venu, aussi lourd de savoir qu'un porteur de monde tu reviendras vers tes semblables, humant le soleil comme un œillet blanc au bout de ton roseau, car désormais tu seras messager de paix véritable. »

» Ainsi parle le vieux Dagan, dit Izahi. Puis sur le sentier au bord du fleuve il se lève et me salue, les mains posées sur sa poitrine. Il porte au front les rides droites des justes. Je vois briller ses griffes pâles mais ses yeux sont aussi désarmés que des fleurs d'eau ouvertes sous la lune. Il s'éloigne, sa robe vague effleure les buissons et la nuit sur son ombre se ferme. Longtemps, les yeux ouverts, je rêve. A l'aube je vois soudain Dame Enlila dans mon esprit, elle grandit, elle se déploie

126

comme un arbre triomphant, elle fait éclater le plafond de mon crâne, je la vois royalement dressée, traversée par le premier fil du soleil tendu sur l'Est. Elle sait que je viendrai, demain, à l'heure dite. Frères, telle est la vérité. Je vous la donne, aussi merveilleuse et nue que vos visages étonnés dans le matin tranquille.

Izahi se tait. A nouveau voici la brise si légère qu'elle ne pèse pas sur l'herbe penchée. Personne ne parle. Lans regarde, ébloui, le trouveur de feu, ses mains pétrissent ses genoux écartés, un sourire incrédule tremble sur son visage comme un soleil sur l'eau d'un songe. Cori, les bras croisés, penche son front traversé de rides brisées, une mèche de cheveux balafre sa joue, ses yeux à peine fendus entre une haute fleur et le ciel parfait contemplent farouchement ses pensées bouleversées. Bal le superbe au ventre doux gratte puissamment sa nuque touffue, souffle fort par le nez comme pour moucher le torrent d'images incongrues et splendides qui roule dans sa cervelle puis, les sourcils broussailleux haut levés sur ses yeux d'enfant étonné, il éveille ses compagnons à coups de coude brefs, rumine, grogne et d'un bond se dresse. Le soleil auréole sa chevelure frisée, étreint ses épaules. Il dit, une main posée sur son poitrail sonore :

— Ce rêve est aussi flamboyant que le ventre de l'Oiseau Toumbo! A la prochaine veille, je le raconterai aux enfants, devant le feu je le danserai!

Le trouveur de feu répond doucement, les yeux dans l'herbe :

— Petit frère, ce n'est pas un rêve. J'ai dit la vérité.

Je sais qu'elle est brûlante comme un piment aux pépins de braise, mais c'est la vérité.

Il se lève, appuie sa nuque contre le rocher, hume le vaste ciel, les yeux fermés. Bal, ébahi, les poings enfouis sous les aisselles, regarde Lans le timide bouche bée qui veut parler mais ne peut. Alors Cori s'avance devant eux et plante ses pieds écartés dans la terre moelleuse. Il noue ses mains derrière le dos, car elles tremblent. La pointe de sa langue humecte ses lèvres. Il dit :

— Hier, à l'heure où les étoiles s'allument, au bord du fleuve j'ai vu Illa l'amoureuse courir follement, les bras ouverts, sous la lune claire. Je l'ai poursuivie, elle gémissait, trébuchant aux cailloux tranchants, j'ai saisi sa chevelure, en sanglotant elle est tombée sur les genoux. Ses jambes fumantes étaient déchirées, je les ai lavées de salive chaude, son sang a rougi ma main. Comme un frère charitable je l'ai apaisée. Elle m'a dit qu'un grand Dagan vêtu avait surpris le trouveur de feu, devant la hutte de Fa. Alors le cœur tonnant je suis allé à son secours. Près de l'arbre dont les branches basses effleurent l'eau j'ai entendu des bruits de paroles paisibles. Je me suis caché, la bouche dans la rosée. J'ai écouté parler l'étrange vivant nommé Chilam. Izahi ce matin a déposé son discours très exact dans vos esprits, je l'atteste. Maintenant voici ce que je dis : par Balaha la lunaire édentée, est-il un Homli véritable celui qui fait l'amour femelle avec la cervelle d'un Dévoreur ? Izahi, son haleine puait la chair pourrie de ta mère, ne l'as-tu point sentie ? N'as-tu pas vu fumer le cœur et le foie de Lao dans ses mains offertes?

Le fils de Fa bouleversé regarde le profil immobile de Cori le rude dont l'œil bleu se ferme presque quand sonnent ces mots contre sa joue :

— La haine flambe dans ta poitrine étroite, frère fou! La haine te dévore!

— C'est toi qui l'as allumée! Maintenant étouffe-la, étouffe-la donc, si tu peux!

Ses ongles labourent son poitrail, des larmes roulent dans sa gorge, il rumine un instant de profondes douleurs, puis plante droit sa tête sur les épaules et dit, le défi dans le regard :

— Écoute-moi, Izahi, car dans mon esprit vulnérable n'est fort que l'amour de toi. Toute la nuit, jusqu'à ce que le ciel pâlisse au-dessus des feuillages, j'ai couru par la plaine noire, poursuivant ton ombre mille fois imaginée derrière des fourrés, des pierres levées, des écheveaux de ronces. Toute la nuit, les poings sur le ventre, la bouche pleine d'étoiles, j'ai crié ton nom à me déchirer les veines. J'aurais voulu que le sang jaillisse par mes yeux et mes narines pour que tu viennes me guérir d'un mot simple, penché sur moi comme un père affectueux, mais je ne fus jamais assez humide pour que quiconque, père ou femelle, se plaise à me secourir, alors j'ai hurlé, le front contre les arbres embrassés : « Izahi, par pitié, n'abandonne pas ton peuple, ne va pas chercher la mort dans la citadelle, l'histoire prodigieuse est un brouillard craché pour te perdre! » Et j'ai écorché mon oreille aux écorces, espérant cette réponse triomphante : « Le Dagan est parti sans espoir, aucun Homli jamais ne baisera les ongles de la dame souterraine. » Mais je n'ai rien entendu que craquements de bois et grincements de porte et je t'ai maudit, toi, inaccessible dans ton corps méditant, je t'ai maudit, moi, errant les yeux secs dans les ténèbres, hors des sentiers, les mains tendues comme un aveugle. Enfin la lumière de l'aube a fendu le ciel et de grand matin tu m'as appelé, debout sur ce roc. Je suis venu. Tu as parlé. La langue clouée, je t'ai écouté. Ta dernière parole n'a pas brillé comme un crachat sur la face du vieux Chilam. Alors j'ai voulu qu'une boule de haine rebondisse sur ta poitrine et t'éveille, mais elle s'est brisée. Maintenant, avant de désespérer, je veux te parler en frère simple et raisonnable. Izahi, derrière ces bâtons que tu nous as donnés, nous pouvons être heureux et puissants. Les peurs anciennes, déjà, sont en lambeaux. Bientôt, le cœur gaillard, nous chatouillerons en riant le nombril des Dagans qui dériveront à la lisière des villages, le menton pendant sur la poitrine, les griffes sèches. Que nous importent donc leurs angoisses présentes, leurs fastes secrets, leurs famines? Ils sont promis à la poussière! Or, te voilà rêvant doucement, fasciné par leur figure lézardée. Folie vaine et sans gloire! Veux-tu mourir, vraiment, comme un enfant piégé? Es-tu si las de nous? La mélancolie d'un vieux Dévoreur est-elle plus digne de ta pitié que la détresse de Cori? Parle, Izahi, mon frère aîné!

Lans empoigne l'épaule du trouveur de feu. Dans son visage frêle orné de barbe fine son regard est celui d'un fils désemparé. Il dit simplement :

— Izahi, quand un Homli saisit une pique, c'est ta main qu'il étreint. Tu le conduis. Si tu tombes, le peuple tombe.

Bal enfouit l'index dans sa chevelure, hoche la tête et grogne :

— Enfonce cette vérité dans ton crâne de granit.

Alors Izahi se penche et dans ses bras ouverts enferme les têtes chevelues de ses compagnons. A l'ombre des fronts presque joints, il dit ceci :

— L'atroce peur ne me ravage plus. Entre mes tempes je l'ai tuée. Maintenant sur son cadavre pourrissant se déploie comme un arbre le fier désir de savoir. Je veux contempler le nid céleste de Toumbo et les cavernes rêveuses de Maïni, je veux vaincre le labyrinthe et sous les torches ouvrir les livres aux pages brunes, je veux entendre la voix de la reine savante, je veux savoir pourquoi les Dagans sont venus avec leurs famines épouvantables et leurs yeux plantés comme les nôtres, et leur langage semblable au nôtre. Je veux savoir. Je ne peux pas vivre fermé derrière une pique, invincible et stupide comme un roc. Je suis un vrai vivant, doué de parole, doué de questions. Je veux savoir, user mon esprit à le frotter jusqu'à la transparence contre tous les mystères du monde, et je renâclerais à franchir la première porte dressée devant mon corps? J'irai à la citadelle. Vous me verrez revenir, la tête chargée d'une lourde moisson. Je vous la donnerai toute.

Un moment les trois compagnons ruminent ces paroles. Puis Lans murmure, les yeux pareils à deux tisons éblouissants :

— Je viens avec toi.

Alors Bal prend à deux mains la tête d'Izahi. Sa bouche tremblante balbutie :

— Nous venons avec toi.

Cori parle le dernier :

— Nous prendrons deux piques chacun.

# 13

Une petite lune brille au front de Chilam le vêtu qui chemine sur la plaine obscure, à pas silencieux. Dans l'ombre mouvante de sa robe Izahi et Lans vont ensemble, flairant les ténèbres, à droite, à gauche. Derrière eux marche Cori. Il porte haut la tête, comme un guerrier, deux étoiles fichées dans les yeux. Bal qui vient le dernier fréquemment se retourne, des mufles invisibles le poussent, de froides haleines font frissonner son échine, il fredonne pour s'encourager le chant douloureux des quatre galets rouges qui calent le monde sur le ventre de la Femelle Première, ahi, le ventre houleux de l'Endormie-sans-Nombril, et ses compagnons, la bouche fermée, accompagnent la voix du bouffon divin dans l'air nocturne. Contre leur cou raide brillent les piques obliques, ils vont, évitant l'ombre opaque des fourrés et des arbres aux aisselles touffues.

La lune luit au bout du pré, dans le ciel noir, à la cime d'un bosquet. Sur l'herbe rase Chilam ouvre les bras et s'arrête. Il hume la brise, il murmure :

— Des vivants viennent vers nous.

Aussitôt durcit le ventre des Homlis, un souffle rauque ronfle dans les gorges, les orteils mordent la terre humide, les bâtons s'entrechoquent. Bal se frotte contre Izahi aux aguets, l'arme brandie sur sa tête bouclée. Cori saisit le poignet du Dagan et dit :

— As-tu trahi?

Lans au beau visage s'avance seul dans la nuit, à pas lents, comme un rêveur tourmenté devant le vaste océan. Le voici défiant une lointaine rumeur de feuillage :

— Nous sommes quatre Homlis vaillants! Ahi, le premier mort sera Dagan!

Une voix ténue monte d'une broussaille basse, droit devant :

— C'est toi, Lans?

Alors Izahi plante sa pique entre ses jambes et sourit, Bal s'ébroue, se déploie, monte à l'assaut des ténèbres, l'air terrible, les cuisses frémissantes. Deux ombres menues trottent vers lui, s'écrasent en riant contre son poitrail. Il les embrasse rudement et les soulève et les fait tournoyer parmi les étoiles, puis les plante devant son corps massif et rugit, posant ses mains sur les chevelures ébouriffées :

— Que faites-vous à cette heure loin des villages, jeunes fous?

— L'amour, répond la femelle aux seins naissants, fière et droite.

— Nous sommes armés, dit le mâle imberbe.

Lans aiguillonne leurs fesses.

— Allez à Figure-de-Sable, vous trouverez ma hutte

sous un arbre parasol. Jusqu'à mon retour je vous la donne. La litière est moelleuse.

Mais les enfants amoureux n'entendent pas, découvrant soudain sur le pré luisant Chilam au front lunaire et derrière lui deux visages indistincts, immobiles. Alors ils gémissent et leurs mains affolées agrippent le bras charnu de Bal le large, et leurs jambes comme lianes s'enroulent à ses jambes, et leur bouche tremblante mord sa fourrure. Le joufflu rieur flatte leur croupe et dit :

— N'ayez pas peur, mes tout beaux, n'ayez pas peur.

Les fluets risquent un œil oblique hors de l'abri. Derrière le Dévoreur bouge une tête d'ombre. La voix forte d'Izahi sonne dans l'air paisible :

— Courez au village, enfants, caressez-vous et dormez jusqu'à l'aube. Quand les Homlis seront réveillés annoncez-leur que le trouveur de feu visite le royaume Dagan avec ses compagnons et qu'il reviendra, chargé de savoir nouveau.

Sur la plaine galopent les messagers.

Maintenant Bal renâcle, son cœur dans sa poitrine est noueux comme une souche car voici la citadelle aux trois terrasses, plus noire que la nuit, à l'horizon, et Lans la langue mordue supplie la lune de s'éteindre, et Cori rageusement chante seul, deux rides arquées au coin des narines, cheminant sur le vaste champ comme un rebelle appelé au château des morts. L'âme des ancêtres dévorés chuchote parmi les hautes herbes, la muraille grandit, Izahi les yeux à peine fendus va puissamment, ni l'exaltation ni l'effroi ne font battre ses tempes, son esprit est un bélier de pierre, un bélier noir aux cornes enroulées sur ses oreilles sourdes. Le rempart s'élève si haut qu'il disperse les étoiles et ferme le ciel. A dix pas des téméraires voici la porte triangulaire, brumeuse et pâle. Dans le vent froid qui la traverse, Chilam dit :

— Homlis, oubliez vos terreurs, je marcherai au milieu de vous. Dans la première cour deux porteurs de torches nous attendent. Ils nous conduiront. Ne regardez que le feu dans leur poing. Si la griffe d'un Dagan grince devant vos visages, au détour d'une ruelle, maîtrisez vos piques, il maîtrisera sa famine. Je sais entraver les cervelles adultes mais souvenez-vous : je ne peux soumettre les esprits puérils, ils me sont trop étrangers. Si donc un enfant vous assaille, tuez-le.

Ils franchissent le seuil. Les voici cernés par les remparts à la cime indiscernable. Lans regarde le ciel carré, il ouvre la bouche comme pour boire les étoiles, étonné que Balaha, la vieille lunaire familière, la fée des arbres et des toits de paille, veille aussi sur la cité terrible. Bal désemparé enfonce sa tête dans les épaules, ses yeux luisants roulent dans les ténèbres, ses joues rebondies sont pâles comme la lune. Il gémit, il saisit la main de Chilam, il murmure :

— Dagan, tu es un honnête vivant, j'en suis sûr, tu es un vieux père sans haine, cela se voit sur ton visage, tu es un sage que l'odeur de mon corps n'émeut pas, sois béni, Dagan, sois béni. Puisque tu sais lire dans les esprits, je ne peux dissimuler que je suis le plus peureux des Homlis de Maïni. Protège-moi donc avec une sollicitude particulière, compère, s'il te plaît. Par

Toumbo, je n'ai jamais vu d'aussi formidables murailles.

Izahi et Cori marchent devant vers une lumière fumante que tourmente le vent. Là-bas, dans le halo de brume fauve sont quatre Dévoreurs. Derrière eux des ombres bougent sur un pan de rempart un instant éclairé, puis Nilée la servante et Rambo le muet, entre deux porteurs de feu, s'avancent lentement. Maintenant les murs et la nuit se confondent comme l'âme et le corps. Chilam fait halte et avec lui les Homlis aux piques soudain dardées. Alors, à une longueur de roseau, les Dagans impassibles s'arrêtent aussi. Les torches éclairent les regards durement vigilants d'Izahi, de Cori, de Lans. Entre leurs épaules Bal risque à demi son gros visage et flaire l'air. Rambo lève une main griffue, ses yeux bombés contemplent sans les voir les intrus pareils à des fauves avant le bond. Il empoigne la nuque de Nilée. Elle jette en arrière sa tête. Les lèvres presque closes elle parle, et sa voix charrie des braises. Elle dit :

— Honte au chasseur esclave du gibier.

Chilam silencieux sort de l'ombre, sa longue robe bouge au vent comme une haute flamme noire. Le voici devant le corps de son fils. Il prend à deux mains son visage et baise son front où brille le reflet roux des torches.

— Enfant, dit-il, enfant autant aimé que la puissante dame à qui je dois fidélité, j'aimerais pleurer pour éteindre ta colère, mais je ne peux m'apitoyer ni sur mes blessures, ni sur ta douleur, car je porte ici comme un fardeau sacré les germes fragiles des temps nouveaux.

Une larme en cet instant peut noyer le monde à venir, un grain de feu le consumer. Je dois sans faillir avancer droit. Je tuerai qui fera dévier ma sandale. Fais place, enfant.

Ils restent un instant face à face, Chilam, Rambo. L'amour les déserte mais le regard du père est limpide : il accueille le froid dans son corps, et n'espère rien. Le visage du fils est tourmenté : il brûle en son tréfonds. Les mains tremblantes contre sa bouche il regarde le Grand Vêtu, deux tisons d'effroi dans les yeux. Il recule soudain, enfonce sa tête rétive dans les ténèbres et s'enfuit. Son dos arqué, ses fesses dures, ses jambes galopantes, la nuit les emporte. Nilée le poursuit. Chilam dit aux porteurs de torche :

— Marchez devant.

A pas silencieux, Izahi et Bal vont, les épaules jointes, comme deux transis. Cori et Lans, derrière, pareillement accolés, trébuchent à leurs talons rugueux. Les piques se heurtent au-dessus des chevelures. La nuit, alentour, est muette. Voici traversée la grande cour étoilée où s'assemblent maintenant des ombres affamées. Des mains tendues, des voix peureuses cherchent des visages, pleurnichent, chuchotent :

— C'est Chilam le Vêtu et quatre Homlis vivants.

— Ils sont armés.

— La lune est comme une griffe courbe sur la troisième terrasse. Regardez, elle ne fut jamais ainsi.

— Le gibier parle et commande. Ahi! Bientôt nous mangerons nos langues!

Chilam s'engage dans une venelle aux murailles lisses,

138

au sol dallé. La lueur des torches traverse des seuils obscurs, illuminant au passage des bras tendus, des figures à l'affût, grimaçantes, pitoyables, impassibles ou terrifiées, masques brefs que l'ombre efface, à peine apparus. Un enfant nu vient par la ruelle à la rencontre des guerriers. Il court sur ses jambes courtes, pleurant, perdu. Devant Chilam il s'arrête, il implore, là-haut, le visage penché, agaçant son sexe vivace. Le Vêtu le prend aux aisselles et contre sa poitrine ses vastes manches l'enveloppent. Le menton sur l'épaule du Grand Dagan l'innocent aux yeux mouillés regarde les Homlis et vers Izahi tend sa main malhabile. Alors Izahi baise les doigts menus. L'enfant sourit et babille. Bal, émerveillé, gonfle sa poitrine, son cœur moelleux et chaud roule contre ses côtes, les lèvres rondes il siffle tout doux et fredonne ces paroles :

— Petit soleil au fond de la nuit, ahi, petit soleil trouvé, nous sommes quatre gourmands de paix, protège-nous, tu es de bon augure. Ahi, l'herbe parfumée, l'eau fringante de la rivière! Par ce terrible chemin nocturne conduis-nous sans trébucher jusqu'à la vie belle et bonne, petite lumière charnue!

Cheminant derrière les guides il chantonne ainsi sa prière, à voix de source, les yeux brillants. La flamme des torches éclaire maintenant le plafond rocheux d'un couloir en pente douce, au sol terreux. Ils croisent des Dagans muets, horrifiés : nuque et dos contre la muraille ils tendent parfois, au passage, des griffes mendiantes, en gémissant. Le temps d'un effleurement furtif les épaules des Homlis se heurtent durement, les regards

139

s'aiguisent, les souffles grincent. Voici la porte que seuls franchissent les sages et les morts. Chilam prend au premier guide sa lumière fumante et lui confie l'enfant frétillant. Bal murmure, baisant son front bombé :

— Dis au soleil de nous attendre, fils de l'aube.

Le petit perdu gesticule et pleure contre le poitrail du Dagan qui l'emporte, le dos voûté. Devant lui la torche du second porteur éclaire le chemin montant. Ils vont à pas pesants jusqu'à s'éteindre au fond des ténèbres. Alors Chilam pousse le battant et franchit le seuil. Les quatre Homlis le suivent, méfiants, attentifs au moindre grincement. Ils entrent dans une nuit sans bornes. Autour de la flamme haut levée ils s'assemblent frileusement, regardent alentour, les yeux perdus dans l'insondable, écoutent un chant de ruisseau très lointain.

— Au fond de ce monde est une source d'eau parfaite, dit le Vêtu. Dame Enlila, notre reine, s'en est seule abreuvée. C'est pourquoi elle est immortelle. Aucun de nous, ses fidèles, ne sait exactement dans quelle caverne jaillit le breuvage miraculeux. Mais son chant parmi les cailloux donne vigueur à notre âme, l'épure et la nourrit. Homlis, vous n'avez plus rien à craindre. Les Dagans ordinaires dorment là-haut dans les chambres à ciel ouvert, ceux qui nous ont rencontrés gémissent d'effroi dans les angles, errent dans les cours, appellent à grands cris la lune sur les terrasses, mais aucun parmi ces vivants n'a jamais posé le pied, au-delà de cette porte, dans le jardin noir de notre reine, où nous sommes. L'obscurité qui nous environne est maintenant notre alliée. Que chacun prenne appui sur l'épaule de celui qui va devant. Il n'est point, ici, de chemin.

Ils avancent à pas d'aveugles derrière la flamme tourmentée de la torche que tient Chilam au-dessus des têtes. Ils côtoient des gouffres mais l'ignorent. Ils franchissent des ponts étroits comme leur carrure, marchant sur l'ombre pétrifiée. Ils descendent profond par des escaliers humides que baignent des brumes tièdes jusqu'à des salles sans plafond qu'ils traversent, contournant des rochers dressés. Le chant de la source les accompagne, parfois ténu comme une flûte envolée, parfois vif à mouiller la bouche. Il les garde en éveil dans la nuit qu'ils arpentent, chacun devant lui serrant dans sa main tendue la chaleur vivante et ronde d'un compagnon, sauf Izahi que guide le Grand Dagan, dont l'épaule est froide. Ils parviennent enfin en un lieu vide où l'air frais et piquant, soudain, les enivre un peu. Chilam s'arrête. Il se tourne. Les Homlis tendent vers lui le cou, le regard inquiet. La flamme de la torche fait bouger des lueurs dorées sur le visage maigre et mélancolique du Grand Vêtu. Il dit :

— Attendez ici.

Cori bondit en avant, la pique énervée.

— Hé, veux-tu nous abandonner?

— A trente pas, répond Chilam, est la dernière porte avant la reine. Je veux d'abord la voir seul.

A trente pas apparaît un triangle de lumière et dans ce triangle, Dame Enlila. Elle fait face à l'ombre. Aucun des cinq vivants ne peut distinguer les traits de son visage. Elle est si majestueuse pourtant que les Homlis courbent le dos et s'avancent vers elle, à pas silencieux. Elle dit :

— Chilam, conduis les trois compagnons du trouveur de feu dans la caverne de Sath. Veille à ce que les litières soient fraîches. Qu'ils se reposent et rêvent, en attendant leur frère.

Chilam s'éloigne, la torche au poing. Lans, Bal et Cori autour de lui se pressent. Ils disparaissent dans les ténèbres.

Izahi franchit le seuil.

# 14

Izahi s'avance dans la chambre comme un enfant dans un songe inouï. La chaleur des lampes qui brûlent aux trois angles fait trembler la lumière sur l'échine rousse des grands livres d'écorce au parfum mélancolique. Ils attirent d'abord la main timide du trouveur de feu. La reine assise dans son fauteuil de roc poli le regarde, immobile et sereine. La pique appuyée entre l'épaule et le cou, pris de fascination sacrée il se penche sur un incunable ouvert parmi les coussins rugueux gonflés de feuilles sèches, pose avec respect le bout des doigts sur l'image d'un arbre au feuillage fait de mots innombrables. Puis il se redresse, contemple le plafond de pierre lisse. Sa pique tombe et roule sur les dalles. Il n'y prend garde. Il hume l'air tiède de la chambre triangulaire. Son regard découvre enfin Dame Enlila, la paisible émouvante au visage ovale qu'aucune ride n'altère. Ses mains aux ongles transparents sont posées sur sa vaste robe d'écailles, à son front blanc brille l'insecte précieux. Elle dit à mi-voix, et s'ouvrent à peine ses lèvres parfaites, et palpitent de fragiles lueurs dans son regard d'eau pure et noire :

— Izahi, fils du feu, je veux partager avec toi mon savoir, mes secrets.

Izahi s'affermit fièrement sur ses jambes. Le voici comme un animal puissant devant la reine savante. Il s'avance vers celle que nul, jamais, n'a caressée et lui vient le désir de poser sa main sur son visage. Comme une brise à peine sensible, un sourire étonné traverse les yeux de la dame innocente. Elle dit encore :

— Assieds-toi, car je vais parler longtemps.

Il ramasse sa pique et obéit. Le voici aux pieds de la reine, posé sur un coussin, grattant sa joue barbue contre le roseau qu'il tient à deux poings dressé devant ses jambes croisées. Il lève son regard affamé de paroles. Sa bouche est close et son front tourmenté. Il attend. Elle penche un peu vers lui son visage et dit ceci :

— Écoute, trouveur de feu. Je désire que mes paroles te nourrissent et ensemencent en toi le premier enfant d'un peuple neuf. Je suis depuis trois mille ans en ce monde. Je suis née, dans un buisson d'épines, d'un ventre maintenant stérile et ridé comme une outre vide mais encore palpitant. Le temps n'a pas mangé le corps de ma mère car l'Oiseau Toumbo a déposé une goutte de salive dans sa bouche, le jour où je suis tombée entre ses jambes au soleil de Maïni. Elle vit dans une île nommée Caillou-du-Milieu. Tu la connais, enfant trop vif. On l'appelle Dame-sans-Nom.

Elle effleure le front d'Izahi, compatissante et malicieuse.

— Je vois rouler des braises fumantes derrière tes

sourcils, dit-elle. Ne flaire pas ainsi ta moustache bouclée. Apaise-toi.

Le trouveur de feu d'abord renâcle, puis soudain se sent envahi par une fraîcheur de cascade, s'ébroue, grogne, éclate d'un rire sonnant, la langue pointue entre les dents, les yeux mouillés de stupeur joyeuse. Alors Dame Enlila se penche encore et dit ces paroles vives :

— Je ne t'ai donné là que ma vérité la plus simple. Maintenant, voici de profondes merveilles : les premiers vivants de Maïni ont bâti la citadelle et creusé les labyrinthes qui conduisent aux cavernes rêveuses. Ils ne sont pas parvenus à la source d'eau parfaite où je vais parfois m'abreuver, car l'Oiseau Toumbo ne les a pas instruits. Ils furent pourtant savants, quoique muets. Quelle était leur apparence? Je l'ignore, mais je sais qu'ils cheminaient vêtus dans la plaine. D'où venaient-ils? Qu'importe, notre vie ne tient plus au fil de leur destin. Après quatre mille ans de paix inquiète et laborieuse ils se sont enfuis au-delà de la Porte de Roc, effrayés par le visage d'un vivant nouveau que mit un jour au monde, parmi les vieillards de la première terrasse, une adolescente malingre et détestée. Ce vivant fut le premier d'un peuple écrivain, géomètre et géographe qui vécut quatre nouveaux millénaires, inscrivant en des millions de livres son savoir et ses songes. Puis, comme l'on ferme la bouche après avoir longtemps parlé, ces gens au front lourd ont clos les reliures de chaînettes de bois et sont morts, dévorés par leurs enfants qui s'établirent le long du fleuve. Ces fils barbares n'ajoutèrent qu'une page malhabile et confuse aux bibliothèques de leurs pères, mais la seule illuminante dans cette forêt de signes. Elle fut écrite à la sève de fleur noire sur une feuille de bois par une femelle qu'un rêve inspira. Voici exactement les mots qui furent tracés :

« Mon esprit ce matin s'est éveillé plus tôt que le soleil. Au-dessus des brumes moelleuses il a contemplé le corps inaltérable du dieu qui créa le temps. Et du nombril de ce dieu j'ai vu s'élever une fumée, et dans cette fumée j'ai lu ceci, que je vous dis : Le vent, le soleil, la terre useront le corps du premier peuple. Les pensées, les larmes, les paroles useront son âme. Quand l'usure atteindra la trame, la trame se déchirera : une femelle obscure parmi ce peuple accouchera d'un vivant nouveau. Les enfants de ce vivant nouveau tueront, mangeront leurs pères, disperseront les tibias, les vertèbres, les crânes de leurs pères. Ainsi s'épanouira la vigueur proliférante du deuxième peuple. Alors le vent, le soleil, la terre useront le corps de ce deuxième peuple. Les pensées, les larmes, les paroles useront son âme. Quand l'usure atteindra la trame, la trame se déchirera. Un grain de lumière peut-être la traversera : une femelle sans malice parmi ce peuple accouchera d'un vivant nouveau. Les enfants de ce vivant nouveau tueront, mangeront leurs pères, disperseront leurs ossements. Ainsi s'épanouira la vigueur du troisième peuple. Innombrables seront les peuples et les déchirures avant que soit atteint l'anneau de la vérité, taillé dans l'os du monde.

« Sur la troisième terrasse de la citadelle des ancêtres

furent fidèlement écrites ces paroles par moi, fille cadette du Sage Rasé. »

Dame Enlila se tait un instant. Izahi, le cou tendu, les yeux à demi fermés, regarde sa bouche comme un assoiffé espérant un jaillissement de source. Il dit, avalant un fil de salive :

— Parle encore.

Elle laisse aller de côté la tête, souriant sans que bougent ses traits dans la lumière cuivrée de la chambre profonde. Sa voix, maintenant, est fragile, à peine portée par l'air tiède entre son visage et celui de l'accroupi attentif.

— Le peuple Homli est le septième de Maïni. Je fus sa déchirure : le seuil de la huitième porte. Moi, fille de vivants aux fourrures soyeuses, je suis née lisse et blanche. Quand ma mère me vit surgir entre ses cuisses ouvertes, mon apparence l'épouvanta. Elle maudit son ventre fumant de sueur et me jeta dans le buisson d'épines rouges qui fut mon premier berceau. J'ai survécu par la volonté de l'Oiseau Toumbo qui, les ailes déployées au crépuscule, pencha sa tête aux yeux pareils à des lunes sur l'île Caillou-du-Milieu, me saisit entre les lames de son bec et m'emporta en son très haut pays. J'y vécus jusqu'à l'âge où gonflent les seins. Alors vint la nuit tumultueuse où je fus déposée sur la troisième terrasse de la citadelle. C'est là que je mis au monde, dans la douleur solitaire, des enfants qu'aucun sexe mâle n'avait enfoncés dans mon sexe. Ils étaient dépourvus de cette chevelure qui orne mon crâne, et leur chair était couleur d'herbe. J'ai baisé au bout de leurs doigts les griffes impatientes. J'ai frotté de sève leurs dents pointues agacées par des famines nouvelles. J'ai lavé la bouche gourmande qui déchira la poitrine du premier Homli abattu : un enfant étonné. J'ai vu naître le peuple Dagan, le huitième de Maïni, mon peuple.

» Je fus une mère amoureuse avant l'âge de l'amour et sage avant celui de la sagesse car l'appétit joyeux et furibond de mes fils vigoureux ne m'a pas réjouie. J'ai souffert de savoir qu'ils seraient un jour eux-mêmes dévorés, car ils n'étaient que les fruits éphémères d'une saison divine. Alors je me suis hissée sur les paroles de la fille cadette du Sage Rasé et j'ai voulu coudre le nombril du dieu par où fume le Temps.

» Sache, trouveur de feu, que tu dois la vie à ma révolte, car la loi dit : dans la mort obscure du père dévoré par le fils germe le lointain vivant qui dévorera le fils. J'ai donc désiré que le peuple Homli ne périsse pas, afin que jamais ne respire en ce monde le corps inimaginable du meurtrier de mes enfants. Voilà pourquoi les Dagans sont maigres et austères. Ils ne chassent que deux Homlis par jour, boivent l'eau du fleuve et mangent des herbes juteuses quand par malheur aucun cri de nouveau-né n'a salué, au seuil d'une hutte de paille, la traversée d'un soleil. Depuis trois mille ans il en est ainsi. Depuis trois mille ans, vivants nonchalants des sept villages, vos enfants verts et griffus vous épargnent. Depuis trois mille ans le dieu du Temps attend vos ossements. Vous êtes les plus vieux vivants que Maïni ait jamais portés sur son échine. En vérité vous avez vécu trop longtemps, car te voici venu, Izahi. Le dieu inaltérable a rusé, contourné ma patiente sagesse. Il t'a lentement pétri, Homli assez puissant pour accueillir le feu d'esprit, dont tu as fait une arme.

» Tu as désormais le pouvoir de tuer mes enfants. Si tu le fais, je monterai sur la troisième terrasse et j'attendrai, avec l'humilité des vaincus sans colère, la mort et l'éparpillement poussiéreux de ma chair. Pur de toute faute tu ouvriras au Temps la porte que j'ai fermée, et le Temps à nouveau s'écoulera, usant la trame des jours et des nuits. Le peuple Homli deux fois né jouira seul des succulentes beautés de Maïni, notre mère. Mais sache que dans le corps des Dagans suppliciés un grain de semence allumée grandira infailliblement jusqu'à l'éclosion du terrible gourmand qui fendra de l'ongle vos ventres. Sache que dans votre renaissance éblouie un grain de nuit sera en vous planté et rongera vos âmes jusqu'à l'os de la terreur. Alors les piques tomberont de vos poings engourdis et dans le blanc de vos yeux veinés de rouge se reflétera le visage sans amour de l'assassin innocent, votre fils étranger. Veux-tu cela, Izahi?

La bouche du trouveur de feu tremble et ses dents s'entrechoquent mais dans ses yeux fascinés par le visage de la haute dame flamboient des foudres. Il pose la paume de sa main sur son front barré de rides droites. Puis il saisit son arme longue, l'élève horizontale au bout des bras tendus devant la reine soudain frémissante comme un enfant buvant le premier mot d'amour de sa vie. La pique luisante ploie entre les poings écartés. Au sommet de la courbure étincelle un

bref instant un reflet doré de lampe. Le roseau se brise
sec, éclaboussant l'air entre les deux visages. Izahi
pousse un grognement de joie brute, contemplant les
bâtons jumeaux. Il pose l'un sur ses genoux, tend l'autre
à Dame Enlila qui le saisit et, rayonnante, pose ses
lèvres sur la brisure. Il dit :

— Faisons alliance.

Elle répond :

— Frère révolté, je sens tomber mon cœur de ma
bouche dans ta bouche. Nous voilà beaux pareillement
et féconds comme deux vivants que la loi divine n'émeut
plus. Nous déjouerons ensemble la ruse du dieu immobile. Dans ce roseau creux tu boiras l'eau de la source
parfaite, je te donnerai ma science et mes pouvoirs, car
c'est toi désormais qui devras tenir à distance le mufle
des ténèbres.

Elle se penche et pose ses mains sur les joues chaudes
d'Izahi, enroulant ses doigts blancs dans les boucles de
sa barbe. Elle dit gravement, et le trouveur de feu respire son haleine tiède :

— Tu vas livrer d'étranges et douloureux combats.
Sur les sept villages rouleront de lourdes nuées. Tu
n'auras, pour les disperser, que ta seule parole. Tu
diras : « Il faut que vivent les Dagans. » Tes compagnons étonnés te regarderont comme un fou pitoyable.
Tu diras : « Pour chaque enfant naissant au seuil d'une
hutte nous donnerons en pâture un vieux père aux
Dévoreurs. » Les femelles enceintes gémiront, griffant
leur ventre bombé, les vieillards baisseront la tête et
pleureront en silence, chacun se détournera de toi,

effrayé de te voir ainsi déserté par l'amour compatissant, et peut-être la pique de Cori cherchera-t-elle ta gorge, poussée par les clameurs d'une aveuglante colère. Alors, sur les rochers plantés au centre des villages tu devras te dresser et parler avec une inébranlable éloquence. Tu devras établir ton règne sans partage sur les esprits. Tu ne seras jamais plus innocent.

Dame Enlila se tait. De trop lourdes pensées courbent sa tête pâle. L'insecte précieux à son front s'obscurcit. Dans les angles de la chambre la lumière vacille. Izahi, les yeux mouillés de larmes scintillantes, balbutie ces simples paroles :

— Aime-moi.

# 15

Dans l'aube grise et pâle les quatre Homlis silencieux, le front lourd de savoir neuf, marchent vers les villages, foulant l'herbe mouillée. A l'horizon de l'Est le forgeron céleste souffle sur les braises et disperse les cendres. Sur la plaine, le soleil ranimé rougeoie.

Dans les entrailles de la citadelle, cheminant vers le jour à pas incertains derrière la torche haut levée du bibliothécaire Chilam, Izahi a dit exactement à ses compagnons les paroles de Dame Enlila. Le son de sa voix et le chant de la source profonde ont ensemble joué comme deux murmures amoureux, tout au long des couloirs obscurs. Ils ont franchi la dernière porte et contemplé un instant le ciel pâle, plissant les yeux, respirant à longues goulées. Jusqu'au portail triangulaire ouvert sur la prairie ils n'ont rencontré que la brise mouillée du jour naissant. Aucun vivant n'a éveillé leur méfiance, aucun frottement de corps contre les murs. Au seuil du pays nonchalant, dans les musiques infimes de l'aurore, le Grand Vêtu les a salués, puis s'agenouillant il a regardé s'éloigner les nouveaux savants au dos large, aux piques dans les poings semblables à des bâtons de pèlerins environnés de brume bleue. Il a frotté le feu contre la terre humide pour l'éteindre. Nul n'a vu sa bouche trembler et de sa joue tomber une larme lumineuse parmi les gouttes de rosée.

Au loin les toits de paille de Figure-de-Sable luisent sous le ciel lavé. Les vivants réveillés gonflent leur poitrine et entonnent le Chant de l'Aube que la brise porte à la rencontre d'Izahi. Il écoute et s'arrête dans l'ombre longue d'un arbre au feuillage argenté. Ses frères anxieux aussitôt devant lui se pressent.

— Quelque chose m'effraie, dit le trouveur de feu désignant, là-bas, le village.

Cori répond, le cou tendu, le souffle haletant trop longtemps contenu :

— Nous sommes maintenant puissants comme aucun peuple de ce monde ne le fut jamais. Nous avons assez de force pour vaincre les Dagans, assez de savoir pour tromper le dieu du Temps. Que crains-tu ?

— Cori parle sagement, dit Lans au beau visage, au regard sombre.

Bal, un petit rire inquiet dans la gorge, hoche vivement la tête. Entre ses yeux ronds se défont des boucles de sa chevelure. Izahi grogne lourdement, comme une bête rétive.

— Allons, dit Cori, je parlerai aux Homlis, si tu as peur.

Il darde sa pique vers Figure-de-Sable, d'un revers de main écarte ses compagnons et fièrement s'en va seul, le soleil entre ses épaules blondes. Alors le trouveur de feu gonfle son poitrail, tend vers l'impatient ses poings, fait deux pas hors de l'ombre de l'arbre. Une vapeur rougeoyante tremble soudain autour de son corps déployé. Terriblement il hurle et sa voix ravageuse étonne le ciel. Cori courbe le dos comme sous une averse et n'avance plus. Lans baisse la tête. Bal se détourne en grimaçant d'effroi, les mains sur les oreilles, le front percé par les paroles du furibond, pareilles à des cailloux de braise.

— Naïf aux mains sèches, malfaisant ignorant coiffé de paille, si tu vomis devant les Homlis les paroles qui fourmillent dans tes viandes, mes dents arracheront ta langue, mes poings enfonceront entre tes cuisses un tison ardent et les femelles jusqu'à ta mort railleront ton sexe semblable à une branche de charbon! Sache que je n'attends désormais de toi ni bonté suave ni fraternité mais obéissance brute. Seul m'effraie ce feu qui jaillit malgré moi de ma bouche! Que tes jambes ne te portent pas plus avant, Cori, fils de ma peur! Ahi! Aie pitié de toi et de moi, qui ne veux pas te voir mourir!

Cori est maintenant ployé comme un vieillard à bout de vie, appuyé sur sa pique plantée dans l'herbe. Lentement remuent ses pieds et ses genoux. Il se retourne. Ses cheveux raides se balancent au travers de son regard épouvanté. La bouche tordue il veut parler mais ne peut. Lans et Bal accourent vers lui, l'empoignent aux aisselles, redressent son corps. Ils sont trois douloureux implorants, le soleil levant sur la face. Izahi dit encore, la voix apaisée :

— Nous obéirons à la dame de la chambre profonde.

Il se tient planté droit, les poings sur les hanches, et

son regard ordonne. Ses compagnons contemplent à leurs pieds l'ombre de sa tête.

— La paix sera sévère, dit-il. Rigoureuse, taillée à nos strictes mesures. L'enfance dans nos cœurs n'aura plus droit d'asile.

— A quoi bon vivre, ainsi gelés, murmure Bal, les yeux baissés, le front orageux.

Le courage timide des humbles l'anime. Une houle soudaine soulève sa poitrine. Il gémit mais seul des trois fait face, têtu joufflu, affectueux rebelle, à la majesté nouvelle de l'Embrasé qui maintenant se tait. Alors Lans parle.

— Izahi, mon frère aîné, aie pitié, nous sommes simples. Pendant que la dame aux belles paroles creusait pour toi la mémoire de Maïni dans la chambre peuplée de livres, nous dormions, ignorants et confiants. Ainsi sommes-nous : trop peureux pour accueillir dans nos corps cette lumière faite de trois rayons de soleil tressés que nous voyons en toi brûler, trop fragiles pour oser pimenter nos bouches de cette fureur triomphante qui fait bondir ta langue entre tes dents, trop puérils pour ne point t'aimer. Si donc je parle sans sagesse, écoute-moi patiemment et réponds-moi, les lèvres mouillées de salive sucrée, avec l'indulgence affectueuse des vrais savants. Nous connaissons maintenant la méchante loi du Temps. La reine des Dagans a épargné le peuple Homli afin que n'aborde jamais en ce monde l'exterminateur de ses fils, poudré de la poussière de nos ossements. Pour cela qu'elle soit bénie : ordonne-moi de baiser ses ongles et le pan de sa robe, je le ferai. Mais a-t-elle agi prudemment? Que non : tu es né hors de sa portée, frère souverain, meurtrier de sa race! Ne faisons pas alliance avec cette dame précieuse mais fautive. Massacrons les Dévoreurs, accomplissons ce dur labeur, puisque nous voilà maîtres de leur vie, par ces piques que tu nous as données. Alors nous vivrons en paix joyeuse et sans limites. Par les prairies de Maïni la bienfaisante, à l'ombre des feuillages, au bord du fleuve nonchalant nous bâtirons de nouveaux villages et sur nos litières spacieuses nous n'aurons plus à veiller que sur les femelles enceintes. En vérité nous n'aurons plus à craindre qu'un nouveau-né : qu'il vienne, l'enfant monstrueux, et nos piques le cloueront sur la brise avant qu'il n'ait touché terre. Nous serons si joliment vigilants que les ruses du dieu inaltérable s'useront comme des cailloux dans l'eau courante. Il ne nous prendra pas en défaut, et par Toumbo il me plaît de penser que les fils de nos fils aux fourrures douces éveilleront un jour dans l'esprit de ce taciturne un grain d'amour limpide, et danseront sur son ventre paternel avec les mille soleils du monde.

Lans se tait. Il ose à peine jubiler, regardant vivement à ses côtés Bal et Cori, mendiant leur secours comme font les parleurs sans pouvoir. Izahi s'avance à pas lents et lourds devant ses trois compagnons, pose sa main gauche sur la chevelure de l'adolescent au regard tout à coup espérant, sa main droite sur la tignasse frisée de Bal aux épaules rondes. Entre eux Cori redressé appuie sa joue contre sa pique.

Voici le vent : du feuillage argenté tombent des lances

157

de soleil batailleuses. L'herbe se courbe et fuit en longues houles sur la plaine. Le trouveur de feu parle à voix ferme :

— Frères, dit-il, je vous aime et je souffre de n'avoir dans la gorge que paroles épineuses. Comme des insectes venimeux je les sens envahir ma bouche, et je vais devoir les cracher. Si elles vous blessent, sachez qu'elles ont déjà ravagé ma poitrine. Ne me haïssez pas, vivants aux beaux désirs. Nous pouvons trouer tous les Dagans de Maïni et jeter nos piques dans le fleuve. Nous pouvons revenir à nos douceurs innocentes, à nos paresses délicieuses, à nos voyages amoureux. Si, un jour prochain, cela est, avant que la mort ne nous arrache les cheveux les Homlis seront innombrables sur la plaine.

— Nous bâtirons de nouveaux villages, Lans l'a dit, murmure Cori.

Bal fredonne :

— J'instruirai les enfants. Mes paroles seront tant succulentes qu'ils en lècheront leur pouce.

Izahi cogne du talon le sol.

— Tu ne feras pas cela, dit-il, car ils seront féroces. L'Oiseau Toumbo comme un père attentif a nourri la dame de la chambre profonde. Si nous tuons ses fils, nous pardonnera-t-il? Nous aimera-t-il sans rancune, le nourricier divin? Viendra-t-il encore, le bel étoilé, déployer ses ailes sur nos crépuscules?

— Il viendra, dit Lans, la tête renversée, amoureux du ciel.

— Alors, sachez que les fruits dérivants ne tomberont

pas de son plumage en averse plus lourde qu'au premier
jour de notre vie. Les enfants nouveaux, le cou tendu
vers Balaha-de-la-Lune, ouvriront leur bouche affamée
et leurs dents claqueront sur la nuit mouillée. Bal, joli
joufflu, la chair de tes paroles ne gonflera pas leurs
joues de sang neuf. Qui donc les nourrira? La viande
des malingres, et le cuir des vieillards. Voulez-vous de
ces rages, mes beaux innocents?

Bal d'un geste rond désigne la plaine alentour. Il
geint, il dit :

— Frère, vois comme Maïni est opulente et douce :
ne pouvons-nous espérer d'elle d'autres nourritures?
Des racines juteuses, des cailloux fondants, ahi, des
blés et des bourgeons? Au-delà de la Porte de Roc sont
peut-être des lacs de sève, et dans la forêt du Nord des
vivants comestibles. Quand le temps sera venu nous
partirons à leur rencontre, par familles vaillantes, par
tribus intrépides.

Izahi répond ces paroles frémissantes, levant devant
son visage l'index :

— Alors, écoutez, et allumez dans vos esprits le soleil
du jour fatal. Loin des sept villages les Homlis vaga-
bondent. Les portes de la plaine sont franchies, voici le
vaste monde. Chacun flairant l'air marche vers son
propre horizon. Le plus proche voisin est à portée de
cri. Cheminant parmi les rochers voici qu'une femelle
solitaire soupèse son ventre lourd. Elle sue de douleur
féconde. Courbant l'échine elle entre dans une caverne
obscure et fraîche. A l'abri des regards elle se couche,
elle ouvre ses jambes humides. Comprenez-vous? Peut-

être n'a-t-elle pas choisi de courir la montagne, cette mère prochaine. Peut-être est-elle égarée au plus touffu de l'infinie forêt : l'invisible maître du Temps, notre ennemi, l'a patiemment conduite par des chemins d'humus, sous les feuillages troués d'aiguilles de soleil. Une main d'ombre et de lumière a effacé de sa mémoire son père et ses amants. Ruse facile : voici la craintive aux seins laiteux entre les racines d'un arbre antique où l'accueille une litière de feuilles odorantes. La nuque contre l'écorce elle s'étend. Elle mord toutes les chairs de sa bouche, poussant l'enfant hors de ses flancs. Qui la voit? Le dieu inaltérable. Les Homlis chassent des fruits nouveaux, dans les clairières. Qui lave le corps nouveau-né, dans le ruisseau joyeux, sous les ombrages? Le dieu inaltérable. Les Homlis à grands coups de piques remuent au loin les broussailles stériles. Qui caresse la joue du monstre, le doigt semblable à un trait de soleil? Le dieu inaltérable. Les Homlis insouciants ne savent rien de leur mort mise au monde, frères, ce jour inévitable. Car ce jour viendra, frotté de lumière ordinaire, et pourtant secrètement noir. Alors, malheur à ceux qui le traverseront. Malheur aux ignorants heureux qui chanteront le Chant de l'Aube et qui accompliront les gestes coutumiers, poussant d'un front rêveur le soleil vers le crépuscule. Ils seront semblables à celui que pique un dard mortel et qui rit, cognant de la paume son front, croyant écraser un insecte éphémère. Bal, Cori, Lans, mes tout doux, ne vous bercez pas de musiques menteuses. Vous savez que je parle juste. Nous irons en paix sur le chemin froid tracé par la dame de la chambre profonde. Nous taillerons dans nos chairs la pâture quotidienne des Dagans.

Maintenant le soleil a bu la rosée. L'herbe lavée luit. Au loin, à la lisière de Figure-de-Sable, des silhouettes familières galopent vers le fleuve. Des cris joyeux traversent l'air. Dans l'ombre de l'arbre raccourcie Cori s'avance comme un voyageur à bout d'errance et dit à voix grinçante, le front contre une branche basse :

— Oublions nos armes. Je préfère l'innocence de la vieille vie et l'effroi des Longues Courses à cette marche morne autour du nombril d'un dieu endormi.

— Il est trop tard, murmure Lans.

Cori tombe à genoux et sanglote, les mains sur le visage. Il dit encore :

— Izahi, j'aurais mieux aimé que Sath le troué te dévore.

Izahi vient auprès de lui et s'accroupit, étreint ses épaules, pose la joue contre sa nuque. Ils sont pareils à deux amants devant leur enfant mort.

— Pardonne-moi, frère souffrant, dit le trouveur de feu. Écoute. Il est un autre dieu que le maître du Temps : celui qui me pousse sur ce chemin nouveau. Celui-là est un père véritable et clairvoyant. Celui-là nous conduira où nous devons aller au travers de nos âmes.

— Le connais-tu ?

— Non, je le pressens. Cori, s'il te plaît, j'aimerais que tu sois le premier de nos sages : rêve ce dieu que nul n'a jamais entendu. Comme la jeune femelle des premiers âges s'est hissée au-dessus de l'aube pour découvrir l'Immobile au nombril fumant, grimpe en songe sur ma

161

tête et appelle le berger qui va devant nos visages. Exige de lui des paroles sacrées. Ta bouche nous les dira. Ainsi sera dictée la loi nouvelle, que nous inscrirons sur des feuilles d'écorce. Dis, veux-tu cela?

Cori se redresse. Des larmes ensoleillées roulent dans sa barbe blonde. A deux poings il s'appuie sur sa pique plantée. Il contemple un instant le village lointain sur la plaine. Son regard est illuminé et douloureux. Il dit :

— Allons.

La main large d'Izahi caresse sa chevelure et se pose sur son épaule. Ils vont ainsi vers Figure-de-Sable. Lans et Bal les suivent, leur long roseau contre le cou, dans les musiques menues du vaste et bon matin.

Au loin accourent des Homlis. Ils bondissent par les buissons et les herbes hautes. Ils lancent au ciel de longs cris pointus, faisant tournoyer au-dessus de leur tête des bâtons étincelants. Les premiers sont trois jeunes fous épanouis. Ils cabriolent sur la prairie tiède devant les quatre compagnons que pousse le soleil, se pendent à leurs bras durs, s'en retournent à la rencontre des essoufflés, hurlant :

— Nos frères puissants sont de retour! Leur front est brûlant de savoir!

Une vingtaine de vivants rayonnants maintenant leur font escorte. Corps et paroles se bousculent autour des rudes héros.

— As-tu parlé aux fantômes des ancêtres déchirés, grand frère Bal?

— As-tu troué la reine savante, Izahi, figure de feu, l'as-tu mordue?

162

— Cori, as-tu retroussé les lèvres des Dagans morts? As-tu vu ma mère dans l'ombre des bouches?

— Dites, sommes-nous maîtres de Maïni, dites, sommes-nous immortels, fils de nos cœurs?

Ils marchent, les quatre taciturnes, parmi les huttes de Figure-de-Sable, et ne répondent pas.

# 16

A Figure-de-Sable jusqu'à l'heure de Toumbo Izahi a parlé. Ses paroles ont rebondi contre des regards effrayés et des larmes rondes. Puis, le front penché, la lune sur les épaules comme un fardeau, le corps luisant dans l'air mouillé de la nuit, il s'en est allé seul et désarmé par la plaine déserte à Village-Premier où l'on savait déjà. Il a traversé le pré familier parmi les huttes, reniflant l'odeur tiède des corps et des foyers. Une femelle a crié son nom au travers d'un seuil obscur. La tête sourde comme un roc il n'a pas dévié de son chemin. Il a traversé la place. Les veilleurs assis, la face rougeoyante à la lueur du feu, ont regardé ses jambes ployées et ses pieds foulant la terre battue, écrasant au passage des braises éparses. Ils n'ont pas levé les yeux vers son visage. Ils n'ont dit mot.

Jusqu'à la hutte de Fa au bord du fleuve le vagabond fourbu a marché, ignorant les vivants endormis. Il a poussé la porte basse, courbant l'échine il est entré et s'est agenouillé sur la litière froide. Il est ainsi resté un long moment immobile, le regard transparent entre les ténèbres du monde et la nuit nuageuse de son esprit, puis, comme un arbre vaincu, lentement, les bras ouverts, la face en avant il est tombé, et sa bouche a mordu les feuilles sèches. Il a traversé des sommeils brefs troués de rêves violents. La main caressante d'Illa enfin et l'aube blanche ont ouvert ses yeux terreux.

Maintenant dans la hutte ronde le trouveur de feu se dresse, frissonne et gratte à deux poings son poitrail. Illa la gracieuse étonnée enlace sa taille et baise ses poignets. Ensemble ils sortent sur le seuil herbu. Elle murmure, regardant le ciel :

— Vents et nuages. Mon cœur est semblable au soleil voilé de l'automne.

Et vivement, la tempe appuyée contre l'épaule robuste, la chevelure au coin des lèvres :

— Ne parle pas. Je ne crois pas ce qu'on dit.

Izahi écarte de son corps le corps fragile de l'amoureuse. Son regard véhément questionne. Elle répond :

— On dit : il veut donner nos pères en pâture aux Dagans. On dit : la dame de la citadelle a bu sa bonté jusqu'au fond de son ventre. On dit : il n'est plus maintenant qu'un feu sec et meurtrier. Je ne crois rien de tout cela. J'ai décidé d'avoir raison.

Guerre des arbres et du vent au bord du fleuve. Dans le ciel, chemins gris. Izahi penche la tête, appuie son front contre le front d'Illa.

— Enfant savoureuse, femelle parfumée, nul n'a bu ma bonté : elle est en moi comme un diamant qui me déchire. Je ne suis pas le feu mais prisonnier du feu. Je vis encore innocent et humble mais mon corps et ma voix me dépassent. Comprends-tu? Les Homlis désormais devront m'obéir, à moi qui ne suis plus mon propre maître. Ceux que mes paroles ont traversés savent la vérité : ils nous faudra nourrir les Dagans. Ne tremble pas. Si tes larmes pouvaient éteindre mes paroles, je m'y noierais dedans. Aime celui que je fus. Je porte en moi un mort : rêve de lui. Je ne suis plus celui que Lao a pétri.

Il tend l'oreille, hume l'air, les yeux fixes. Il murmure :
— Illa, j'entends que l'on t'appelle au loin.

Aucune voix n'est venue sur le vent. Illa s'arrache au trouveur de feu et court le long du fleuve, échevelée.

A Grands-Signes, au point du jour nuageux, personne dans la lumière des seuils ne chante le Chant de l'Aube. Cori, aux premières lueurs, comme un dieu du vent a poussé du poing les portes, il a réveillé les vivants et les a rameutés à grands gestes tranchants. Sur la place maintenant il harangue la foule assemblée. Entre les jambes des vieilles femelles pleurent des enfants assis sur la terre humide. Elles frottent leur échine de la plante du pied, le visage dans l'air gris tendu vers le parleur austère. Des mâles, appuyés sur les piques longues, plissent les yeux pour mieux entendre et remuent les lèvres, dégustant gravement les paroles puissantes. D'autres, les poings sur les hanches, des brins de litière dans les cheveux, écoutent bouche bée. Aucun couple adolescent ne s'est attardé au fond de l'ombre amoureuse et chaude des huttes. Unis par la main ils se sont avancés dans la brise brumeuse parmi les chétifs et les robustes, les vieillards et les mères grosses, les fins barbus et les noirauds épais, vers le prêcheur illuminé qui dit ces mots au-dessus des têtes, debout sur un rocher :

— A l'heure où Balaha la sorcière lunaire penchée sur la plaine pleure les rosées, frères, un rêve sacré a visité mon esprit. Écoutez, je vous le donne : sur la colline Sein-de-Maïni où je me trouvais seul et perdu, le visage dans les brumes, la pique entre les yeux. j'ai appelé le dieu berger qui nous guide et l'espace s'est allumé, et le dieu berger a surgi des infinies fumées transparentes, tournant vers moi sa tête colossale. J'ai vu sa figure aussi haute que le ciel, son front vénérable où luisaient les lumières mouillées des marécages, sa chevelure où remuaient des nuages captifs, sa barbe où dormaient les sept villages, son regard vertigineux et pourtant paisible, sa bouche couleur de feuillage à l'automne où roulait un bruit de paroles semblable au tonnerre lointain. Alors vers cette bouche vaste comme la porte d'une cité céleste, frères, je me suis fièrement avancé, et voici ce qui me fut dit : « J'ai faim de viande Dagan. Refuseras-tu de nourrir ton père, peuple maître? J'ai besoin de l'os Dagan pour bâtir ma huitième bergerie. Refuseras-tu un abri pour ton père, peuple maître? Faut-il que je souffle des tempêtes pour te pousser sur les chemins du sang? Ahi, peuple fils, troue les ventres, cloue les dents ennemies! Les matins rouges sont féconds et joyeux les justes carnages! Quand ils seront accomplis je t'emporterai dans ma chevelure, tu ne seras jamais en repos, troupeau fringant! Tue et va :

telle est la loi que je dicte. Porte-la aux Homlis, Cori, premier Sage. Que le vent vigoureux t'aiguillonne! » Ainsi m'a parlé le dieu berger, puis le matin naissant a dissipé son visage. Maintenant, enfoncez ces paroles dans vos crânes, gens de Grands-Signes. Izahi m'a dit : appelle un rêve divin. Je l'ai fait. Izahi m'a dit : j'obéirai à la loi dictée.

— Ce dieu n'est pas celui d'Izahi, dit une vieille femelle, au fond de la foule.

Elle hausse les épaules et s'éloigne à pas menus entre les huttes. Cori, le regard halluciné, tend vers elle son poing armé. Il hurle :

— Je vois ton esprit derrière tes cheveux, ancêtre aux seins flasques! Il est aveugle comme un œil d'enfant mort-né! Où vas-tu?

La vieille lasse tourne la tête et répond, désignant au loin la citadelle :

— Là-bas, au bout de ma vie, nourrir les Dagans affamés.

Rage et désespoir dans les regards qui l'accompagnent.

Sur la place de Parole-de-l'Oiseau sont assis Lans et Bal auprès d'un feu qui ne s'est pas évaporé avec la nuit. Des visages funèbres sont penchés sur eux. Lans regarde le sol entre ses pieds. Dans ses yeux luisent des larmes et des pailles dans ses cheveux. Bal dit à voix lasse, deux rides droites entre les sourcils :

— Misère, fleur de caillou sec et de sang, ma poitrine est comme une feuille d'écorce, misère et pitié la déchirent. J'ai mal. Regardez les vieux pères que nous allons conduire à la mort. Ils vont dans le matin frais, foulant l'herbe familière, chantonnant, la paix dans le corps, confiants en nos amours tranquilles. Dites, faut-il lier leurs poings, entraver leurs chevilles, les cravater de corde et les traîner comme des bêtes esclaves? Qui osera essuyer les pleurs sur leurs joues et baiser leur bouche à l'instant de les abandonner au seuil de la citadelle? Qui, levant le front vers les Dagans perchés sur les remparts pourra maîtriser sa pique? Ahi, frères au cœur saignant, le trouveur de feu nous pousse sur un trop rude chemin, je vous le dis, moi qui l'ai suivi jusqu'au tréfonds des ténèbres.

Il renifle, essuie son nez morveux d'un revers de bras, remue la tête. Lans pose une main sur sa nuque courbée. Il pousse un soupir gémissant. Les deux vaillants restent ainsi un long moment accablés. Alors un enfant rieur, le visage auréolé de brume blonde s'agenouille devant eux et dit à voix flûtée :

— Je suivrai Izahi, moi, petit soleil, je le suivrai fièrement car sa parole est belle et froide comme le fleuve au matin. Il me plaît, celui qui ne craint pas le silence des morts. Je cheminerai sous son bras droit, ensemble nous marcherons vers des matins rouges à travers des nuits sévères peuplées de faces impassibles. Je raconterai leur terrible beauté aux vieillards que je conduirai à la citadelle. Et vous, compagnons, vous serez mes rudes parents. Vous me pousserez devant vos corps en raillant mes effrois. Vous avez franchi, déjà, tant de portes, contemplé tant de miracles! Mes aînés, dans les

170

mains jointes du seigneur Izahi vous avez mangé tant de braises!

Il se tait, et rit. Alors Bal se dresse, le nez ronflant, cogne du poing contre son poitrail déployé. Puis il empoigne l'enfant aux aisselles, l'élève devant son visage et dit :

— Quel est ton nom, petit roc?

Au bout des bras puissants l'ensoleillé tend au ciel ses mains ouvertes, pousse un cri d'envolé, répond joyeusement :

— On m'appelle Ravi, fils de deux étoiles, frère de quatre femelles cadettes!

Le joufflu frisé baise sa bouche, le dépose et, croisant les bras sur sa poitrine gonflée, regarde alentour les gens. Au-delà du cercle attentif, par groupes frileux des femelles parlent passionnément devant les huttes. Le vent emporte leur voix aigre vers la plaine. Bal les appelle, à grands rugissements. Elles font silence, quelques-unes s'approchent à pas méfiants, d'autres, furtives, entrent dans l'ombre des maisons de branches. Il dit :

— Pardonnez-moi, frères Homlis, j'ai traversé en une nuit tant de bouleversantes merveilles que le soleil m'a paru fade, ce matin. Alors des paroles pareilles à la morve des nouveau-nés sont tombées de ma bouche. Béni soit l'enfant Ravi qui a ranimé mon entendement et attisé mon courage. Bal le terrible, qui fut le fidèle compagnon d'Izahi sur le chemin des piques, marchera dans son ombre jusqu'au royaume plus froid que la mort où il veut nous conduire.

Sa voix trébuche sur un sanglot. Lans, debout près de lui, lève la tête vers les nuages que le vent emporte à travers ciel, et ne dit mot. Deux larmes roulent vers ses tempes. Une houle de murmures rauques assaille Bal, l'intrépide à l'âme blessée. Des rages grondent dans les gorges, des piques, au-dessus des têtes, s'entrechoquent. Un mâle à la large bouche s'avance, l'échine courbée, pareil à un fauve hérissé. Il menace :

— Moi, fils de vieillard, par cette arme durcie au feu je te le dis : personne n'entravera les chevilles de mon père. Personne ne poussera vers la citadelle noire celui qui m'apprit le Chant de l'Aube et l'art de la Longue Course.

Roulement de colère douloureuse parmi les Homlis aux épaules jointes. Un cri :

— Mourir, ahi, mourir plutôt que de voir ma mère offerte aux Dévoreurs!

Le vent échevelle la foule, du feu gris brûle dans les regards. Une femelle à la voix rouillée, aux mains comme des serres d'oiseau devant la bouche de Lans :

— Nous allons élever un rempart de branches pointues autour du village! Une muraille griffue! Va dire cela à ton maître Izahi, le porteur de mort!

Lans et Bal s'en vont, traînant leur lance dans l'herbe. L'assemblée devant eux s'ouvre en grinçant. Au loin, sur la plaine, l'enfant Ravi court vers Village-Premier.

Sur la colline Sein-de-Maïni veillent quatre sentinelles, la pique au poing. Les visages sont graves et vigilants. Izahi vient parmi ces mâles impassibles. Aucun pour l'accueillir ne se détourne de son horizon. Il parle, et nul ne veut l'entendre.

— Moi seul connais le chemin de la vie, dit-il. Souvenez-vous-en.

Il descend vers le fleuve parmi les buissons épineux et s'en va, solitaire, poussant du front le grand vent sur le sentier d'herbe foulée qui conduit à Parole-de-l'Oiseau. Au loin il aperçoit Ravi courant à sa rencontre, agitant devant lui les bras. L'enfant hurle un long cri de joyeuse guerre, bondit contre sa poitrine, s'accroche des mains à ses épaules, des jambes à ses hanches. Il dit, essoufflé :

— On te hait, là-bas. Les bouches se tordent pour prononcer ton nom et les narines reniflent comme si l'air puait.

— Parle-moi, beau vivant, répond le trouveur de feu mélancolique. Parle-moi, j'ai froid.

Il serre contre lui le jeune corps, sa barbe caresse doucement la joue duvetée. Il marche ainsi par la prairie houleuse, sous les nuées. L'enfant murmure ces mots, la bouche contre son oreille :

— Ceux qui t'abandonnent sont comme les femelles apeurées qui enfoncent leur nez dans l'herbe. Ils ne veulent pas voir plus loin que leurs sourcils aux poils tombants devant les yeux. Leur moustache est un infranchissable horizon! Ils prennent pour amour d'autrui la peur de souffrir et la pitié qu'ils ont d'eux-mêmes. Sont-ils risibles, ces monstres mous!

Izahi dépose son fardeau frémissant sous un arbre

dont les branches grincent. Il s'agenouille devant lui, pose ses doigts sur le visage enfantin. Il dit :

— Hé, jeune tendre, qui t'a instruit? Qui a aiguisé cet étrange discours dans ta bouche?

— Toi, répond l'enfant. Un Dagan a dévoré ma mère le jour où tu as troué Sath au bord du marécage. Mon esprit s'est éveillé dans le cliquetis des piques qui saluaient tes paroles guerrières sur les places des sept villages. Vieille vie, vieilles peurs, vieilles courses me sont étrangères. Mais je connais l'art de l'assaut.

— Quel vieillard t'a bercé, au temps où tu roucoulais en enroulant ta main autour d'un doigt tendu?

— Je l'ignore.

— Qui aimes-tu, dis-moi?

— Toi.

— Amour glacial.

— Je n'en connais pas d'autre. Me veux-tu pour fils, Izahi?

Le trouveur de feu répond tristement :

— Si je t'ai mérité, enfant, grimpe sur mon dos, alourdis mes pas.

Ravi obéit en riant. Il chantonne un long moment, le menton posé sur l'épaule du haut vivant cheminant par la prairie. Puis il dresse la tête et dit soudain :

— Père, allons-nous tuer ceux qui refusent de t'obéir?

— Tais-toi, fou.

Longs nuages, vent pluvieux. Izahi taciturne avale une boule d'angoisse. Lans et Bal viennent vers lui.

# 17

A Caillou-du-Milieu, Dame-sans-Nom est assise sur le sable, parmi les roseaux courbés. Ses longues mains maigres sont posées sur ses genoux, son menton tremble et ses joues fripées aussi. Des insectes frileux nichent dans ses cheveux qui tombent en lambeaux mêlés d'herbes sèches entre ses yeux. Elle contemple le lointain sans rien voir, ou peut-être regarde-t-elle Illa cheminant par les sentiers de sa vieille cervelle clairvoyante, Illa qui fend le courant du fleuve à grandes brassées écumantes, s'accroche aux racines gluantes de la berge, se hisse sur l'île et court, aspergeant de bruine les buissons de fleurs épineuses. Voici, au bout du champ broussailleux, la porte sans maison. L'amoureuse essoufflée s'avance, plissant les yeux, cherchant au-delà des roseaux le corps accroupi de l'antique vieillarde. Elle entend sa voix grinçante et précise dans les bouffées de vent :

— Viens, ma sucrée, viens frotter de sève le ventre de ta mère. Ahi, j'ai froid!

Illa s'agenouille devant elle et prend ses mains. La bourrasque dans le ciel ébouriffe les nuées mais à l'abri

des rochers et des bambous bruissants, nulle brise.
Dame-sans-Nom regarde enfin celle qui souffle son
haleine sur ses doigts secs. Elle dit, nasillarde :

— Ma fille cadette, ma toute bonne, ma préférée, je
t'ai appelée, tu es venue. Beau, beau, ton cœur, beaux
tes yeux obéissants, ton visage.

— Dame-sans-Nom, dit Illa, Izahi a perdu tout amour.
Izahi veut saigner notre peuple.

Sa voix est comme un cri d'oiseau craintif. Dans son
regard brûlent des lumières mouillées.

— Dame vénérable, ton fils est un roc vivant. Il ravage
les âmes.

La très vieille rit entre ses dents jaunes sans que
bougent ses lèvres et pose sa main sur la tête de la
jeune femelle qui gémit et renifle.

— Enfant, flaire l'air : ne sens-tu pas le parfum du
sang? Enfant, regarde le ciel : ne vois-tu pas des fumées
de puissantes haleines, des lueurs de piques, des armées
en marche? Faut-il que je fende tes narines, tes yeux,
ton front pour que te traversent enfin les chemins de
l'irrémédiable destin des peuples de Maïni?

Elle empoigne les joues d'Illa devant elle à genoux,
elle secoue la tête d'Illa, elle hurle soudain, la vieille
enragée, dans la bouche d'Illa :

— Je dis que tu es ma fille cadette, entends-tu?
Enfant rebelle, entends-tu?

L'amoureuse, le corps grelottant, les yeux clos,
répond dans un souffle rauque :

— Oui, mère, je suis ta fille cadette, je suis ton cœur,
je suis ta vie future, ahi, je suis, je vois ta vie future!

Alors Dame-sans-Nom renverse en arrière sa face, la bouche grande ouverte elle rit énormément, puis bondit sur Illa, l'enlace aux épaules, à la taille, et les deux corps étroitement accolés roulent ensemble dans la poussière.

— Belle figure, beaux seins et cuisses lisses, ma succulente, ne renâcle pas ainsi, je casse la cage qui t'enferme, mon enfant, ta gangue dure, paix, mon poisson vif.

Coups de front et soubresauts de sexe, mains révoltées contre la poitrine de la vieille impitoyable aux bras pareils à des branches rugueuses, grincements de paroles à mi-voix lancées comme des lianes autour du corps à grand-peine vaincu. Enfin, la tête penchée sur le visage immobile, épuisé :

— Là, là, te voilà poussière d'os mêlée de sang, mon aimée. Tu peux renaître, tout doux, tout doux. Maintenant, regarde le miroir de Maïni.

Dame-sans-Nom lentement se redresse et s'assied sur le ventre d'Illa qui halète, les yeux fixes, épouvantés. Alors elle ouvre démesurément la bouche et cogne de la nuque contre la terre car son esprit se déchire soudain. Elle pousse un long gémissement de moribonde. Plongée vertigineuse dans une nuit sans images. Un point de lumière grise, au loin, roule vers son regard. Au-delà du ciel elle découvre de fascinants remuements. Elle les déchiffre avec une passion étonnée. Elle dit à voix d'enfant volubile :

— Mère, mère, je vois Izahi solitaire sur une crête de brume. Pauvre trouveur de feu! Les Homlis le fuient, le dos courbé comme sous un orage. Mère, mère, je vois le dieu du Temps, je le vois dans son sommeil gonfler sa poitrine et mouiller de la langue ses lèvres. Mère, je vois la dame de la chambre profonde marcher vers Izahi sur la montagne pâle. Sa longue robe derrière elle est semblable aux tourbillons des torrents, elle est frêle et majestueuse. Je vois un enfant Dagan comme un esclave attelé traînant une foule griffue à la rencontre des Homlis. Ahi, quel est son nom, mère?

— Rambo, fille. Rambo le muet. Il est héroïque, son esprit est une foudre.

— Je ne peux voir l'Oiseau Toumbo, le nourrissant. Mère, pourquoi?

Elle soulève péniblement son corps, s'aidant des coudes. Elle contemple maintenant la face ridée de Dame-sans-Nom, rayonnante et pleurnicharde, qui tend les mains et caresse ses joues.

— Fille, Toumbo ne vient qu'au crépuscule des jours et des peuples.

Illa regarde la vieille, regarde alentour les herbes, les arbustes maigres, les cailloux, les nuages. Éveillée stupéfaite, elle dit :

— Mère, je ne souffre plus. L'amour me fuit. Je n'ai pas froid pourtant. Mère, suis-je encore belle? Je ne sais plus rien des traits de mon visage, des courbes de mon corps.

Dame-sans-Nom gratte de l'ongle le front d'Illa, entre les yeux.

— Fille, qu'importe l'apparence à qui sait voir sans regard.

La rude brise courbe la cime des roseaux, échevelle les buissons. Le fleuve luit au loin. Sur l'aire cernée d'herbes hautes Dame-sans-Nom et la nouvelle savante s'assoient face à face, les jambes croisées. Les voix maintenant sont paisibles et complices comme celles des pèlerins depuis longtemps cheminant ensemble.

— Fille, Izahi traverse la prairie, portant un enfant sur son dos. Il va vers Parole-de-l'Oiseau.

— Mère, Lans et Bal viennent vers lui. Ils sont cœur et corps accablés.

— Fille, sous un arbre touffu le trouveur de feu leur parle durement. Il dit : « Ce soir vous conduirez quatre vieillards entravés à la citadelle. » Ces paroles ont déchiré sa gorge avant de sortir de sa bouche. Lans et Bal gesticulent et s'enfuient.

— Mère, Izahi ne régnera pas. Le feu qu'il crache le consume. Il ne sera bientôt que cendre et charbon. Déjà le peuple des sept villages ne le craint plus.

— Il ignore encore que les Homlis ne sont plus ses semblables. Il régnera sur d'autres.

— Cori attise contre lui la haine. Cori est le vrai maître du peuple. Mère, le fil des jours s'embrouille. Izahi court vers la citadelle, il court vers Dame Enlila et cela ne m'émeut pas.

— Tu es limpide, fille, limpide comme je le fus avant de mettre au monde la première femelle au corps lisse, monstre superbe! Ahi, comme je vais voluptueusement oublier le temps, oublier Maïni, jeune dame!

— Je porterai ton savoir, ton fardeau. Aucun mâle pourtant ne plantera le nouveau vivant dans mon

179

ventre, je le sais. Je n'accoucherai que de paroles et de gestes sacrés.

— C'est par la Porte de Roc que le nouveau vivant, fils du dieu inaltérable, entrera bientôt dans la plaine. Le vois-tu, fille?

— Je le vois, mère. Ahi, majestueux et risible, je le vois!

— Il est l'avenir inévitable, fille. Tout est déjà semé, ordonné.

— Me voici clairvoyante et sans espoir, vivante et sans désir. Je ne suis plus Illa l'amoureuse.

— Tu ne l'es plus. Tu es déjà Dame-du-Point-du-Jour. Les chemins de l'ombre et de la lumière, les chemins de la terre et de l'air te traversent. Fille, je peux maintenant mourir, après trois mille ans de veille. Ahi mon corps, brave peau fidèle et sans grâce, je vais enfin me dépouiller de toi!

Ses longs doigts, branches mortes, effleurent son menton tremblant, égratignent son cou, ses seins vides, se posent sur son ventre ridé. Mélancolie dans les yeux, enfantine fragilité, douce misère des fins de vie. Elle regarde Illa, elle dit à voix lasse :

— Me voici devant la dernière solitude, la paix vertigineuse depuis si longtemps imaginée. Ce soir, quand viendra Toumbo, sur cette terre familière je me coucherai. Une larme de feu tombera sur mon nombril, une autre sur mon visage. Mon corps aussitôt se consumera comme une broussaille. Avant que le vent ne les disperse tu recueilleras mes cendres et tu les mangeras, mêlées d'eau du fleuve. Alors personne ne te nommera plus Illa. Personne par simple amour ne viendra te visiter, baiser ta bouche et ton front, entendre tes paroles. Mais sans geste et sans voix tu sauras appeler ceux dont tu voudras jouir, et ceux que tu voudras instruire. Tu seras, comme je le fus, l'épouse servante du dieu du Temps.

— Le dieu du Temps! Izahi croit qu'il est né de toi pour le soumettre, régner sur les peuples et les mille saisons de la vie. Puissant naïf!

— Il est en vérité l'outil du maître inaltérable. Qu'importe qu'il le veuille et qu'il le sache.

Grincements de bois au fond du vieil automne, vent de feuilles mouillées.

Jusqu'au crépuscule, parmi les rochers et les roseaux argentés, les deux femelles savantes restent ainsi immobiles, chacune oubliée dans le regard de l'autre. Alors vient l'Oiseau Toumbo, illuminant les nuages. Au loin l'accueillent des cris pointus, des rires, des chants sonnants. Dans les sept villages s'allument les yeux, s'élèvent les bras armés de piques et s'ouvrent les bouches avides.

Voici le Bienfaisant déployé sur la plaine, environné de brume incendiée. Sur l'île Caillou-du-Milieu Dame-sans-Nom se couche, offerte comme une amoureuse humide. Elle murmure d'incompréhensibles paroles et ses yeux terrifiés reflètent des flammes. Illa maintenant est debout près d'elle, droite, attentive. Aucune compassion n'altère son visage. L'oiseau penche sa tête entre les ailes. Son bec, longue épée de braise, laboure le fleuve et les buissons de l'île. Sa prunelle ronde est comme une lune impassible et changeante. Deux larmes de feu tombent sur le vieux corps.

Alors comme une brassée de feuilles Dame-sans-Nom s'enflamme, crépite, rougeoie, fume et se racornit. Sur la terre mouillée voici la forme de son corps : poussière grise que le vent déjà disperse, cendres chaudes où s'éteignent les dernières lueurs. Illa s'accroupit, rassemble cette poudre entre ses jambes, la recueille au creux de ses mains et la baise longuement à l'abri de sa chevelure. Autour d'elle dans la brume légère se balancent des fruits dérivants gonflés de suc. Au-dessus des arbres, le corps de Toumbo, pris de lente violence, frémit, remue. Son bec se tend vers le ciel noir, se fend, appelle les sœurs étoiles, long cri semblable à un fil de lumière infiniment ténu et pourtant éblouissant. Des feux dorés descendent sur la plaine.

Illa va vers le fleuve, les mains contre sa poitrine portant la poussière nourrissante. Elle marche vivement parmi les buissons crépusculaires et les cailloux tranchants, le regard somnambule dans l'air piquant. Les ailes de l'oiseau géant ondulent lourdement. Il monte vers son nid céleste. Voici les nuages poudrés d'étincelles, et bientôt la nuit.

Au bord de l'île Illa à plat ventre lape l'eau, gonfle ses joues, asperge les cendres de Dame-sans-Nom et les mange goulûment, la figure parmi les plantes ruisselantes de la berge, puis elle boit, les mains pendantes dans le courant, jusqu'à s'essouffler.

Quand son visage revient au vent de la nuit il n'est plus celui de la femelle rieuse qui mordait d'amour le poitrail d'Izahi, au soleil des jours simples. Il n'est plus celui de l'adolescente aux seins ronds qui avait peur des piques, et que rassurait la voix paisible des mâles chenus. Il est creusé de rides terreuses. Ses cheveux sont semblables à ces touffes d'herbe jaunie qu'arrachent les branches basses des arbustes remués par le vent, et son front luit comme un étang lunaire. Elle regarde ses mains, et de son ventre de vieillarde montent les hoquets nasillards du rire méchant de Dame-sans-Nom.

# 18

Sur la troisième terrasse de la citadelle Rambo le muet pose sa bouche sur le sein de Nilée, l'enlace, geint et mord le téton comme un assoiffé hargneux. Elle le berce, le regard nuageux, le front traversé de rides batailleuses, et sa voix doucement grince dans le vent fringant. Elle dit :

— Oui, je t'obéirai, fils du Sage. Ensemble nous allumerons la rage salutaire dans l'esprit du peuple. Tu t'avanceras comme un héros ombrageux parmi nos frères guerriers, tu entendras claquer les dents comme des armes impatientes et les griffes s'aiguiser sur les pierres lisses des remparts. La foule des Dagans aux côtes saillantes, au ventre concave te suivra sur le chemin de l'aube rouge, les talons durs martelant l'herbe, les bouches ouvertes gueulant des chants guerriers. J'entends bouillonner les gouffres de ton cœur, ne gémis pas ainsi, tu me déchires. Chilam ton père t'a blessé, il te tourmente encore, je le sais. Ne le hais pas. Il sert la reine comme un vieil amoureux sans espoir. Il est glacial et droit. Il ne te brisera pas. Tu seras le maître nourricier des enfants à venir, illuminés par le feu de tes emportements. Je suis ta servante obéissante, je le serai toujours. Je serai toujours ta parole, quoi que m'imposent tes fureurs.

Rambo soudain s'arrache à la poitrine tiède, renverse sa tête en arrière et tombe à genoux, griffant son cou, tremblant comme un arbuste secoué. Nilée se penche et souffle à son oreille :

— Que vois-tu? Qui serre ta gorge et ravage tes yeux, dis-moi?

Chilam. Le Grand Vêtu assis dans les ténèbres mouillées d'une caverne, au tréfonds de la citadelle, parle à son fils lointain sans que bougent ses lèvres et le poids de son esprit fait ployer l'échine de l'enfant muet sur la troisième terrasse, et l'enfant muet comme un insecte piégé se débat, se meurtrit contre d'invisibles parois.

— Paix, Rambo, dit le père, paix dans ton cœur et dans tes membres. Dame Enlila désire que tu domptes ton sang sauvage.

Prisonnier dans l'esprit de Chilam Rambo arrache à grande douleur ces paroles de son front :

— Hier, après le crépuscule, les quatre vieillards Homlis n'ont pas été livrés. Les jambes des Dagans affamés fléchissent, les bras pendent sans force le long des corps et les griffes labourent la poussière.

— Il faut laisser le temps au trouveur de feu de convaincre son peuple.

— Le trouveur de feu ne sera pas obéi. Père, en voyage sans corps j'ai visité les sept villages. Je n'ai vu monter des têtes chevelues que fumées de douleur haineuse. Un violent nommé Cori à grands coups de pique attise les cœurs pareils à des fourneaux rougeoyants. L'envie de guerre mûrit. Les Homlis bientôt viendront brandir leurs armes pointues dans l'ombre de nos remparts.

L'esprit de Chilam se fend. L'enfant muet délivré erre maintenant parmi des images fantomatiques à peine vues déjà dissipées. Il sait que le Vêtu l'accompagne et lui parle mais il ne peut, il ne veut pas entendre ses paroles. Alors devant lui apparaît Dame Enlila en vaste robe verte. Elle s'avance, entre par les yeux dans son crâne et sa voix soudain emplit le ciel. Elle dit :

— Ton effroi naïf m'émeut, enfant. Ta jeune témérité aiguillonne dans mes fonds ténébreux des désirs de folie depuis longtemps endormis. Tu veux combattre les Homlis? Soit. Agis à ta guise, fils de Chilam. Je ne freinerai plus, désormais, tes élans. Mais avant d'enrager la foule, vois ce que je vois.

Rambo le muet ferme les yeux. Sur la face obscure de ses paupières Dame Enlila tournoie lentement. Lambeaux d'un rêve imprécis et tourmenté dans la houle de sa robe : l'enfant se regarde cheminant le front bas vers les huttes au toit de paille. Par mille cordes de brume à ses jambes, à son ventre, à son poitrail, à ses bras liées il traîne sur la prairie mille Dagans morts couchés sur le dos, les mains inertes dans l'herbe. Des insectes se posent sur les yeux froids. Les poitrines sont trouées au milieu et le sang fumant ruisselle des blessures.

— Par Sath ton oncle vénérable, n'oublie pas, dit Dame Enlila. Ainsi mourra notre peuple si tu le conduis au combat.

Sa voix résonne longuement sous le crâne courbe du muet dont le corps tremble sur les dalles de la troisième terrasse, au soleil un instant apparu dans une déchirure de bourrasque. Nilée le berce encore et fredonne à son oreille un chant rugueux qu'il n'entend pas. A la reine vêtue qui s'éloigne dans le brouillard de son esprit il hurle, les mains sur les tempes, ces paroles silencieuses :

— Si tu as élevé devant moi comme un mur la vérité future je cognerai du front contre elle et je la briserai, entends-tu, mère du peuple? Ta sagesse est désormais trop morne pour les Dagans acharnés à vivre. Nous refusons de nous soumettre à la volonté des Bêtes chevelues. Nous marcherons vers leurs piques, nous tuerons et nous mourrons. Avec la puissance des désespérés nous combattrons. Avec la rage des affamés nous mangerons la Mort!

Rambo se dresse à la cime de la citadelle. Il saisit le poignet de Nilée et la contraint à se hisser sur le créneau. Elle ouvre les bras comme pour s'accrocher aux nuées. On dirait un arbre maigre planté sur la dernière pierre avant le ciel. A longs cris d'oiseau elle appelle les Dagans épars dans les chambres triangulaires, dans les cours et les prés.

Sous la terre, au seuil de la caverne noire, Chilam pleure.

188

Sur la colline Sein-de-Maïni Izahi parle aux enfants venus des sept villages, tous armés de roseaux trois fois plus hauts que leur visage aux joues rebondies. Assis sur un rocher au milieu du cercle des vivants attentifs, il dit ceci :

— Mes fils, mes beaux innocents aux paroles ruisselantes comme source franche et froide au soleil, mes tout vifs au regard sans pitié, mes guerriers neufs que rien ne ligote, ni vieilles peurs ni vieilles amours, je veux que sous vos piques le peuple s'agenouille et se soumette au nouvel ordre. Je suis votre père véritable car vous êtes nés d'une branche pointue par moi brandie et d'un Dagan troué au bord d'un marécage. A vous enfanter j'ai connu l'épouvante, brûlé le vieux savoir, brisé le monde. Vous êtes venus et la sève des ancêtres ne vous a pas nourris. Dans les villages bouleversés nul ne vous a appris l'art de la Longue Course désarmée, ni le respect résigné de la mort. Nul n'a enfoncé dans votre bouche les paroles du Chant de l'Aube et des contes sacrés. Mais à peine dressés sur vos jambes malhabiles vous avez avidement mordu aux joies sauvages de la feinte et de l'attaque. Vous m'effrayez parfois, mes fils, car vous voici d'une terrible beauté. Les vieux Homlis vous sont étrangers, ils ne vous émeuvent pas. Comme des ruisseaux impétueux vous les emporterez où ils doivent aller.

Ravi hoche sa tête bouclée.

— Brave discours, père Izahi, dit-il.

Les enfants rient comme des adultes sans joie. Une

femelle aux seins naissants s'avance devant le trouveur de feu et baise sa bouche.

— Père, ceux qui pousseront les vieillards entravés sur le chemin de la citadelle pourront-ils jouer avec les enfants Dagans?

Une autre aux yeux gourmands enlace son cou et murmure à son oreille :

— Père, nous conduiras-tu par les labyrinthes noirs jusqu'à la dame profonde?

Et un jeune guerrier au visage taché de roux, aux yeux verts :

— Gouvernerons-nous les sept villages dans ton ombre puissante?

— Vas-tu clouer Cori sur la prairie? Ceux qui te haïssent, les tuerons-nous?

Bousculade de piaillements, de gestes, de regards avides.

— Paix, mes filles et mes fils, dit Izahi, les mains ouvertes levées contre le vent. Vous serez mon armée fidèle. Devant vous Ravi marchera car il porte au front l'empreinte de mon œil. Vous piquerez les cuisses et les fesses des Homlis rebelles, mais je ne veux pas qu'ils saignent : égratignez, n'écorchez pas. Que votre joie turbulente les intimide et les contraigne. Faites que les femelles désirables raillent leur face déconfite, mais qu'elles n'aient nul désir de les plaindre! Quant aux vieillards désignés pour le sacrifice vous les capturerez sournoisement après le crépuscule et les pousserez, complices des bouffées de bourrasque, aussi secrets que la nuit, sur le chemin des lointaines murailles. Si des

190

Dagans sur la prairie viennent à votre rencontre, fuyez, abandonnez-leur les proies entravées. Ainsi la coutume nouvelle s'enracinera peu à peu dans les cœurs.

— Et si Cori se rebiffe? S'il interdit nos jeux et plante des sentinelles à la lisière des villages? S'il flanque nos bandes de gardiens méchants et nous donne des ordres? ricane Ravi, empoignant entre ses jambes sa pique comme un sexe démesuré.

— Vous lui direz : Izahi est notre père, nous n'obéissons qu'à lui.

— Alors il retroussera ses lèvres sur les dents. Il te hait.

— Je lui parlerai. Il est mon frère. Il m'a suivi jusqu'au fond des pires chemins.

— Tu le tueras.

— Non. Ne me tourmentez plus, enfants.

Au large de Geste-de-l'Arbre dans les rafales de vent mouillé cheminent Cori et quatre villageois. Au loin sur la prairie deux Dagans traversent l'horizon gris. Ils marchent courbés, ployant trop bas les genoux, les mains crispées sur leur ventre. Ils aperçoivent les Homlis échevelés, les roseaux croisés au-dessus des têtes, là-bas, dans l'herbe haute. L'un les désigne et fait un pas vers eux, l'autre saisit le bras maigre de son compagnon et le tire en arrière. Ils restent ainsi méfiants, indécis, tandis que Cori s'avance, son long roseau dardé, les yeux à peine fendus, soufflant fort par les narines des bouffées de buée chaude. Les villageois le suivent, hérissant ses épaules et ses flancs de leurs piques obliques. Leurs orteils arrachent à chaque pas des touffes jaunies. Ils s'arrêtent à portée de voix : les Dévoreurs se parlent à mots rapides et rauques. Leur tête aux joues creuses est penchée, le menton contre la poitrine, leur regard est sournois, terrifié. Ils grelottent. Cori cogne du pied le sol. Ils sursautent, levant les mains devant leur figure. Les Homlis ricanent et les armes s'entrechoquent. Cori rugit, le poitrail déployé, fièrement féroce :

— La famine vous pousse, mes jolis, mais la terreur vous tient dur. Est-il appétissant le fumet de nos viandes, dites-moi?

Des deux Dagans celui qui veut fuir lâche son compagnon et le regarde s'avancer raide, tremblant de la mâchoire au nombril, vers les piques. Il crie, les poings griffant ses joues :

— Ils vont te tuer! Ahi, père, pitié, je ne veux pas voir ton sang!

— Belle et prudente sagesse, petit peureux, grogne Cori comme un fauve avant de mordre. Salue celui qui veut goûter au pointu de nos roseaux. S'il fait un pas de plus il tombera hors du monde.

Le père téméraire et désespéré tourne à demi la tête. Sans regarder son fils derrière lui il dit, une ride arquée au coin du nez :

— Va dire à ceux de la citadelle que la vie désormais est au fond de la haine, et que je meurs pour l'aiguiser. Qu'ils assaillent en foule les villages, qu'ils combattent, qu'ils tuent!

Il lance en avant ses mains crochues. Cori fait un bond de côté. Une griffe tranchante effleure son épaule.

Le fils galope sur la prairie, le vent emporte son long hurlement. Celui qui veut mourir tente de saisir les roseaux qui le harcèlent. Sa bouche est close sur ses dents serrées. Il ne veut pas gémir. Il ne tremble plus. Son regard n'est attentif qu'au frémissement des piques qui l'égratignent, l'aiguillonnent, mais n'osent percer la peau verte de son ventre, de ses flancs, de ses cuisses. Cori grimace. Son sang bat lourdement contre ses tempes, tonne dans sa poitrine. Il étouffe.

— Va-t'en, Dagan, dit-il à voix grinçante. L'odeur de ta sueur fait monter la nausée dans nos bouches. Tu pues la mort. Va-t'en.

Il fait en avant un pas impatient. Une main lancée balafre l'air, frôle ses yeux. Éclair noir. Gueulement déchirant. Sa poitrine s'embrase, comme raclée par mille graviers. La tête dans les épaules, le dos courbé, il bondit. La lumière tourbillonne. Il ne voit pas le corps que heurte sa pique. Il s'acharne à pousser. Il tombe, le front dans l'herbe. Long moment vertigineux. Il sanglote. Un compagnon empoigne sa tignasse et soulève sa tête. Alors il découvre sur un pan de ciel gris son roseau dressé. Il ne le tient pas pourtant : ses mains pétrissent la terre mouillée. Son genou touche une peau froide et souple. Cri pointu d'enfant horrifié. Il s'écarte d'elle comme d'un tison. A grands coups de talons et de coudes labourant le sol il s'éloigne. Les yeux immenses, le menton pendant, il regarde enfin le Dagan couché sur le dos, les bras ouverts. Le long roseau est planté droit dans son ventre. Il saigne à peine. Les quatre villageois, du bout des piques, remuent le cadavre.

— Je l'ai tué, dit Cori. Par les ombres de mes ancêtres dévorés, je l'ai tué.

Assis dans l'herbe il geint, contemple ses mains boueuses, le visage de ses compagnons silencieux, les nuages bas dans le ciel, ses mains encore, le Dagan.

— Comme il est horrible, ce corps cloué. Ahi, frères, aidez-moi!

On l'empoigne aux aisselles, on le hisse debout. Il titube.

— Retournons au village, dit-il. Il faut dresser des palissades, armer des sentinelles.

Il marche, agitant ses mains comme pour écarter des voiles de vent crépusculaire. C'est l'heure de Toumbo. L'oiseau prodigieux descend sur Maïni. Les nuages rougeoient et tourbillonnent sous ses ailes déployées. Voici son ventre bombé au plumage traversé de lueurs d'or sombre. Il efface à lui seul le ciel sur la prairie. Les vivants minuscules lèvent les bras et la tête, ouvrent la bouche comme des nourrissons impatients. La provende quotidienne tombe lentement dans une chaleur de brasier. Cori et ses compagnons saisissent au vol des fruits à la dérive, les écrasent contre leur bouche et se pourlèchent, saluent à grands gestes le Bienfaisant mais ne s'attardent guère sur le chemin de Geste-de-l'Arbre. Maintenant le bec aussi long que trois cyprès d'argent se dresse vers les étoiles, des flammes crépitent dans l'œil rond comme une pleine lune, roulent le long des plumes luisantes du cou, tombent sur la prairie, enflammant des pailles, des buissons secs qui s'échevellent un instant dans la nuit et s'éteignent. Ainsi fait le Dagan abandonné, couché sur le pré : il brûle, et flambe la pique comme une torche plantée dans son ventre.

Parvenus à la lisière du village, Cori et les quatre Homlis qui l'accompagnent rencontrent de jeunes guerriers repus et des femelles amoureuses. Ils leur parlent à voix fiévreuse, désignant au loin, derrière eux, une lueur de feu dans la brume nocturne. L'Oiseau Toumbo a rejoint son nid céleste. A nouveau le vent froid fouette les visages.

Dans la grande cour de la citadelle l'enfant Rambo impassible écoute le fils du mort qui raconte le meurtre à grands sanglots effarés.

# 19

Dans la pénombre de la hutte de Fa, Bal le joufflu est
assis, les épaules rondes et les mains molles sur les
genoux. Son front est tourmenté comme un étang sous
la tempête, le chagrin a flétri ses yeux aux paupières
pesantes, ses gestes sont accablés, sa bouche charnue
est lente à s'ouvrir. Il est si durement malheureux qu'il
ne geint ni ne grimace. Izahi devant lui posé sur ses
talons, les coudes sur les cuisses, les poings dans la
barbe bouclée, contemple obstinément le sol comme s'il
voulait du regard le creuser. Cori est accroupi sur le
seuil. Il est inquiet, hargneux. Il attend, à l'affût, les
lèvres arquées, guettant les pensées et les paroles sur le
visage de ses compagnons. La pluie grise rudoie par
rafales ses fesses et crépite sur le toit de paille. Odeur
d'humus et de litière humide, grincements rouillés :
vent et nuages pèsent lourd sur les âmes. Bal, par la
porte ouverte, regarde au loin dans la lumière pâle une
femelle et un enfant traversant à grands bonds les
flaques, entre les cabanes, le front bas contre l'averse.
Puis il dit à voix grave :

— Je me souviens des longues siestes amoureuses au

bord du fleuve, des promenades à l'ombre des feuillages, les nourrissons rieurs chevauchant nos épaules,
je me souviens des chants et des contes sacrés au soleil
des jours lents, des veilles fraternelles devant les feux
nocturnes. En ce temps-là nous vivions d'innocence, de
paix joyeuse, de merveilleux mensonges, et nos pères
mouraient à l'heure juste, humbles et fatigués. Au bout
de leur dernière fuite ils tombaient à genoux, l'épouvante entrait dans les corps avec la griffe et la dent,
elle en sortait avec la vie : passage bref, douleur tolé-
rable. En vérité on mourait heureux, autrefois. Frères,
savez-vous que nous ne connaîtrons jamais plus pareille
grâce? En quel âge maudit, en quelle sombre saison
sommes-nous donc entrés? La tristesse et la méfiance
empêtrent nos langues. La haine, la peur et la colère, le
désir de régner sur des échines courbes rongent nos
esprits. Nous voilà devenus pareils à des bêtes sour-
noises et féroces secouant face à face leur crinière, en
grognant. Izahi, Cori, votre enfance douce et limpide
est-elle si lointaine? Hélas oui, trop lointaine. Toute
empreinte, toute trace d'amour s'est effacée dans votre
mémoire, dans vos regards. Je vous aime encore, moi
qui ne suis qu'un pesant attardé, et je vous le dis : vos
déchirements font mal à mes vieux bonheurs, à mes
espérances, à ma vie, compagnons, à ma vie.

— Ils menacent aussi la paix des sept villages, dit
Izahi haussant les sourcils et regardant Cori aux joues
creusées tant il serre les dents. Frère, tu as longtemps
cheminé contre mon épaule. Tu étais impétueux et fier.
Les Homlis enviaient nos joies rugueuses, nos paroles

complices. Ne m'abandonne pas au milieu du chemin. J'ai besoin de ta franche présence. Marche encore à ma droite. Sans toi je boiterai comme un vieillard mordu au talon.

Cori cogne à deux poings son front. Il tremble comme un arbre secoué.

— Je ne peux pas aller où tu veux nous conduire, dit-il, je ne peux pas !

Le trouveur de feu soupire lourdement et grogne à voix rageuse :

— Alors, enferme-toi dans le silence et la mélancolie honteuse des peureux.

— Je te supplie d'ordonner l'assaut de la citadelle, sanglote Cori, les mains tendues, les larmes ruisselantes dans la barbe. Je marcherai devant toi pour protéger ton corps. Je te supplie de me pousser à la mort, Izahi, la délivrance au cœur en riant je baiserai ta bouche avant de m'offrir aux griffes des Dagans. Mais n'exige pas que nos pères soient livrés aux abominables famines de ces monstres. Aucun vivant de notre peuple ne t'obéira, sauf les enfants sans âme.

— Il a raison, Izahi, dit Bal, doux et triste. Reviens à nous. Le feu de ton esprit t'aveugle et brûle en toi tout amour. Tu délires.

Cori ferme un instant ses yeux douloureux. Ses joues rougeoient. Il tente d'apaiser son corps. Il se traîne sur les genoux, le dos voûté, s'avance dans la hutte et pose ses doigts tremblants sur les épaules de son frère trop puissant. Il dit :

— Tu m'as demandé d'appeler un rêve, je l'ai fait. Le

dieu berger m'est apparu et m'a parlé. Il a ordonné que le peuple Homli d'abord combatte, tue, saigne jusqu'à ce que soit teinte en rouge la vaste prairie, déchire et pousse les piques dans les corps jusqu'à ce que le ciel apparaisse au travers de la dernière poitrine trouée. Le saint massacre accompli il marchera devant nos fronts, guidant le cheminement de nos destinées, ses yeux ouverts éclairant les champs et les forêts. Il nous conduira vers d'inimaginables merveilles, Izahi, il l'a promis. Tu m'as ordonné de porter ses commandements dans les villages. Je l'ai fait fidèlement, le cœur gonflé de son haleine sacrée. Que me reproches-tu, frère, toi qui as posé tes deux mains sur ma tête en jurant d'obéir au désir bienfaisant et droit du dieu qui nous aime comme ses fils?

Le trouveur de feu fait un geste impatient, chassant comme une nuée d'insectes les paroles dites à grandes bouffées chaudes. Puis il bande les muscles de son ventre et gronde, le regard flamboyant sous les sourcils touffus, la bouche dédaigneuse :

— Tu n'as rencontré qu'une apparence du maître du Temps, pauvre fou! Il a rusé, le sournois, pour t'égarer! Déguisé en berger céleste il s'est avancé dans ton rêve accueillant, il a farci ton esprit de piments rouges, riant en son tréfonds de ta confiance balourde. Et tu as mangé les fruits empoisonnés de sa bouche, béat comme un nourrisson tétant à la mamelle! Ne vois-tu pas que le chemin qu'il a benoîtement tracé sur ta langue est celui qui conduit au règne du peuple-monstre? Trouons jusqu'au dernier les Dagans et de leur mort naîtra notre épouvantable effacement. Telle est l'intraitable vérité qu'il nous faut mille fois enfoncer dans les crânes vivants. L'as-tu fait sur les places, devant les foules blessées à l'âme? L'as-tu fait, maître tueur?

Il hurle, le dos et la nuque raides, crachant ses foudres, et l'averse s'enrage sur le toit, et la pénombre dans la hutte s'épaissit, et Bal ouvre les bras comme un crucifié, la tête pendante sur la poitrine, pose une main sur l'épaule d'Izahi, l'autre sur celle de Cori.

— Frères, dit-il, j'espérais vous voir lécher ensemble vos blessures, ensemble sagement vous guérir. Mais vous voilà creusant vos plaies, pour le malheur du peuple et la débâcle de nos amours. Je m'en vais, sans arme et sans espoir en vous. Je vivrai désormais comme vécurent mon père et mes ancêtres, ne désirant ni la guerre sans merci ni la paix glaciale et la saignée goutte à goutte. Je ne rameuterai personne sous mes bras levés car les paroles que je sais enrouler autour de ma langue sont impuissantes à conquérir, quoique belles parfois. Je n'espère qu'une femelle douce. Qu'elle veuille ce soir chauffer ses doigts au feu de mes roseaux et la nuit prochaine me sera paisible. Adieu, frères.

Il se lève, lourd et morne. Il ne regarde pas ses compagnons assis devant lui tête basse mais par la porte ouverte il contemple un moment le village sous la pluie. Sur le seuil il enfonce son cou dans les épaules et va, pataugeant dans les brumes comme le dernier guerrier d'une bataille perdue. Dans la hutte Izahi et Cori demeurent silencieux. Leur nuque accablée se courbe, derrière leur front houleux et pâle remuent de sombres douleurs. Deux larmes tombent enfin des yeux de Cori sur la terre brune. Il renifle, il dit à voix lente :

— Ici se déchirent nos destinées et se séparent nos chemins. En ce monde nous n'irons plus ensemble. Avec une longue épine dans le cœur il me faudra marcher. Je marcherai. Avec le souvenir de tes paroles ravageuses, avec un buisson dans la gorge il me faudra te désigner à la haine du peuple, parler furieusement sur les places. Je parlerai. Avec la peur de toi nouée comme une corde autour de la poitrine il me faudra combattre. Je combattrai. Dans le trou le plus profond de mon esprit j'enferme aujourd'hui toute tendresse et tout désir de bonheur. Et pourtant par ces larmes qui m'échappent, par les mille flammes qui me torturent et me poussent debout, je te le dis : jusqu'à ce que je tombe dans la mort tu seras mon frère aîné. Oui, je t'aimerai secrètement comme un frère perdu.

Izahi répond, le cœur si puissamment ému qu'il l'entend tonner comme un tambour funèbre dans ses oreilles :

— Cori, si nous nous rencontrons encore face à face je te tuerai peut-être.

— Je le sais. Adieu, mon ennemi.

— Adieu.

L'averse lourde rebondit sur le fleuve où Izahi plonge, les mains jointes tendues vers Caillou-du-Milieu. Il nage à lentes brassées, empoigne au bord de l'île une branche penchée sur l'eau, se hisse parmi les arbres de la berge, secouant sa tête ruisselante, et court sous le ciel bas vers le repaire de Dame-sans-Nom. Elle le regarde au loin bondir par-dessus les buissons, fendre comme une étrave l'herbe haute du champ. Accroupie, immobile, le visage enfoui dans la chevelure mouillée empêtrée de brindilles et de pailles terreuses, elle est semblable à un vieux roc velu. Le trouveur de feu tombe à genoux devant elle, ouvre la bouche et ne dit mot, stupéfait par ce regard railleur et froidement pointu qui fut pourtant celui d'Illa l'amoureuse, par ces lèvres flétries qu'il baisa, luisantes et charnues, sous un feuillage ensoleillé. Il grogne, les sourcils en broussaille, le regard incrédule, et tend ses doigts tremblants vers ces rides nouvelles creusées profond dans l'effrayante figure. Il murmure :

— Qui es-tu, femelle? Où est Illa la naïve qui voulut de moi un fils?

La vieille répond, secouant à coups vifs la tête, comme un oiseau :

— Morte, mon beau soleil, et pourtant plus éveillée que jamais!

Elle ouvre sa bouche édentée, rit à grands hoquets criards et braille, le regard étincelant, battant à deux mains ses seins flasques :

— Je suis Dame-sans-Nom, Illa m'a mangée! Ahi, je suis Illa, j'ai mangé Dame-sans-Nom, ses magies, sa folie turbulente, sa savante patience! Fils, suis-je encore belle, dis-moi?

Elle minaude, renifle, plisse les lèvres et baise l'air, ses doigts secs lissent sur les joues ses cheveux boueux et puants. Izahi sur ses genoux recule. Elle lance son bras comme un éclair sombre, elle le saisit à l'épaule, le regard méchant, crachant par le nez des morves mêlées de pluie.

— Je te fais peur, trouveur de feu mouillé? Ahi, j'ai mille fois plus peur que toi. Mon cœur est encore trop rouge. J'entends parfois gémir Illa. Oui, là-dedans je l'entends.

Elle touche de l'index le front d'Izahi, entre les yeux, puis laisse aller sa main comme un fardeau trop lourd. La voilà pareille à une ancêtre à bout d'errance, pitoyable et lasse. Elle dit :

— Ne te laisse pas emporter par la débâcle, fils de Fa. Cori abreuve les Homlis de rage enivrante. En foule braillante, les regards méchamment allumés, ils l'acclament. Déjà les enfants sans âme se dispersent sur la prairie. Ne t'obstine pas à les rassembler. Va chez la dame reine. Tu n'as désormais que deux refuges : la chambre profonde de la citadelle et mon corps creux en haut des cuisses, mais en celui-là jamais plus tu n'entreras, misérable adoré!

Rambo le muet marche par le vaste champ aux longues herbes pâles, poussé par le vent nuageux. A sa droite va Nilée. Ils conduisent sur la plaine vingt et un Dagans aux gros genoux ployés, aux bras maigres, aux griffes pendantes le long du corps. Le cou tendu, des rides obliques au coin des narines, les yeux luisants enfoncés profond derrière l'os des sourcils, ils reniflent l'air à petits coups, fouillant du regard et du nez les horizons opposés. Ils avancent grelottants, ces vivants effrayés que la famine enrage. Les deux derniers de la troupe gémissent et trébuchent, grattant doucement leur ventre, fascinés par les huttes brumeuses de Grands-Signes, au loin, et les silhouettes imprécises entre les pieux d'une palissade neuve. Rambo soudain lève la main, d'un bond se hisse sur un roc, désigne au fond du champ les nuées. Nilée dit :

— Aiguisez vos fureurs, guerriers, on nous a vus, là-bas. Des bêtes velues accourent.

Ils sont dix Homlis galopant, les roseaux tenus au poing et sous l'aisselle. La course les courbe en avant, beaux, vigoureux, conquérants. Lans va le premier, la chevelure comme une flamme de belle torche au vent. Ils n'entendent que le martèlement de leurs talons dans l'herbe, ne voient que ce Dagan dressé, là-bas, et sa troupe accroupie au bord du bond. Le bel échevelé hurle, tournant à demi la tête :

— Gardez vos corps inaccessibles derrière les piques! Poussez les menaçants à coups mesurés, sans vouloir les trouer!

Les voici maintenant parvenus face à face, Homlis et Dagans : immobiles, les muscles durs, la bouche close et le regard vigilant. Seuls bougent le vent et les herbes, les nuages et la mort entre eux comme un fantôme indécis. Long moment, ainsi. Enfin Rambo rugit et tombe de la cime du rocher sur une échine adolescente. Bruit de corps affaissés. Il s'agrippe, griffe et mord, abandonne sa proie, harcelé par les piques désordonnées, recule, le visage teint de sang, les mains aussi. Autour de lui : halètements fumants, longs éclairs raides, rouges, piétinements, trouées de vent, fuites éperdues. Bataille brève : assis contre le roc deux Dagans ne bougent plus, les mains dans l'herbe, les yeux ouverts, la tempe sur l'épaule, le cou tranché de l'oreille au poitrail. Nilée traîne par les pieds un blessé sur le pré, insulte les fuyards et les poursuit. Devant le jeune Homli couché, saignant, geignant, ses compagnons s'assemblent en palissade hérissée. Ils regardent les Dévoreurs déjà lointains sur la plaine et Rambo le dernier courant sans hâte vers la citadelle.

Or, passant par le fleuve pour laver son visage souillé il rencontre Bal aux épaules lourdes, agenouillé entre deux arbres, buvant à longues goulées, penché sur les vagues transparentes. Derrière lui le regard de l'enfant muet s'allume, il s'approche à pas silencieux et vifs, la bourrasque l'aide, il bondit sur le dos rond, plante dans la nuque ses griffes. Un simple soupir entre les lèvres le trop tendre joufflu s'affale, le visage dans la boue. Le doux peureux meurt sans effroi, le cours de l'eau emporte dans son dernier souffle les chants sacrés des temps ensoleillés, ahi, vers quel océan? Les mille contes qu'il savait dire à paroles sucrées!

Par le portail triangulaire Rambo entre dans la citadelle courbé sous son fardeau qui perd ses tripes et son sang. Autour de lui des femelles accourues palpent la fourrure charnue. Sur les terrasses, des enfants désignent en riant le héros.

# 20

Le long des murailles vêtues de hauts livres bruns
bouge la lueur dorée des lampes suspendues au fond
des trois angles, et tremble la pénombre au milieu de
la chambre profonde sur le fauteuil de roc poli, les coussins d'écorce, les grimoires ouverts et les épaules courbées d'Izahi assis sur ses talons rugueux, les coudes au
creux des cuisses serrées, les mains comme un masque
fermé sur le visage. La reine vêtue de l'ample robe est
devant lui semblablement agenouillée sur les dalles
noires, la tête trop lourde penchée, les doigts pâles
enfouis dans la chevelure broussailleuse du puissant
effondré qui dit, à voix sombre :

— Il était tant aimé, le frère Bal, le compagnon aux
joies fumantes, aux frayeurs savoureuses! Son esprit
était une maison de contes sacrés, sa figure un soleil
bouclé, son poitrail accueillant aux amoureuses rieuses,
son regard secourable aux chercheurs de refuge! Et
ses paroles guérisseuses! Ahi, la nouvelle de sa mort
a tranché ma voix au ras des lèvres sur la place de
Village-Premier, et le sang m'est venu à la bouche.
Dans le silence accablé Cori en pleurant a dressé sa

pique au-dessus de sa tête et des femelles gémissantes ont baisé ses genoux. Tremblant comme un vieillard je me suis enfui, durement raillé. Les enfants sur mon passage ont regardé le sol entre leurs pieds. Aucun ne m'a suivi par la prairie grise. Perdus, dame, nous sommes perdus.

L'insecte de pierre crépusculaire luit au front de Dame Enlila qui relève lentement la tête, et des larmes brillent au bord des yeux d'Izahi dont les mains tombent du visage. Instant de silence pesant, de chaleur trop vive, de feu fragile dans les regards mêlés. Enfin la reine ouvre la bouche et dit :

— Nous voilà donc délivrés de nos peuples car désormais mon règne est clos, comme le tien. Le meurtre de Bal a fait jaillir la salive entre les dents des Dagans. Rambo le muet est maintenant vénéré comme un infaillible guerrier. Je le vois, écoute : il désigne au loin les sept villages et marche devant la foule. Les Homlis assemblés à la lisière des huttes de Grands-Signes empoignent chacun deux piques, les assurent entre le coude et le corps et s'avancent en horde puissante vers la citadelle, derrière Cori le blond. Qu'ils roulent tous dans la houle du temps et saignent à rassasier le dieu réveillé, l'unique vainqueur! Toi et moi, trouveur de feu, vivrons hors d'eux, solitaires, sans rage et sans espoir.

Izahi saisit les mains fragiles et les étreint. Il secoue la tête comme une bête hargneuse. De sa gorge monte un ronflement de fournaise. Il grogne :

— Toi qui sais naviguer hors de ton corps, des sources

de la vie aux cascades futures, ne m'as-tu pas trompé, la nuit où Chilam m'a conduit en cette même chambre? A l'instant où devant moi tu désignais le chemin de la paix juste et sévère, que voyais-tu? Ma face accueillante ou le signe de la mort inscrit sur le front de nos fils? A l'instant où désarmé je me baignais dans tes paroles, où était ton esprit? Entre tes lèvres ou déjà errant dans les batailles à venir? A l'instant où tu me regardais, souriante, le sang jailli des poitrines trouées ne souillait-il pas le tréfonds de tes yeux?

Il se dresse soudain, croise les bras sur son poitrail rebondi, le front traversé de rides parallèles, les yeux comme deux flammes tranchées entre les cils, il contemple les mains de la reine agenouillée posées sur sa robe et son visage paisible tendu vers lui, offert au grondement qui lentement déferle :

— Femelle, n'as-tu pas pressenti l'heure présente où me voilà vaincu, geignant devant toi comme un nourrisson abandonné?

L'ombre du corps d'Izahi sur la face, Dame Enlila répond à voix claire et tranquille :

— Je ne suis pas toute-puissante, trouveur de feu. Des désirs m'embrument, des espoirs, des joies et des douleurs. Je t'ai donné les lois de Maïni autrefois déchiffrées. L'avenir de nos peuples, oui, je l'ai vu, et refusé. Je sais moi aussi être rétive. J'ai pareillement poussé du front notre commune défaite hors de ma vue, dans un recoin obscur de mon esprit. Je la croyais probable mais point certaine. Elle était fatale. La voici maintenant qui s'avance, évidente. Je l'accepte et l'accueille.

Elle tend les mains vers la tête têtue là-haut penchée sur elle et murmure :

— Avale tes fureurs, nous avons encore des merveilles à vivre. Assieds-toi. Je veux maintenant t'éveiller, il est temps. Oui, je veux polir ton esprit jusqu'à ce qu'il parvienne à la simplicité des miroirs. Alors tu verras le monde lointain et le chemin à suivre, frère velu!

Elle saisit ses mains indécises, elle l'attire, il résiste, remuant la tête, le cou enfoncé dans les épaules. Il renifle sa moustache, une ride droite entre les sourcils. Il dit :

— Parfois la fumée de mon cœur monte dans ma gorge et roule hors de ma bouche en paroles que je n'ai pas pensées. Ainsi à l'instant je sens bouger sur ma langue des mots simples et confiants. Je sais pourtant que tu peux me tromper, m'emprisonner dans ton haleine, m'entraîner, femelle trop belle, et me perdre dans des songes inextricables, moi qui ne peux aller que droit.

Parlant ainsi lentement il s'accroupit, les mains de la reine autour de ses poignets comme des bracelets blancs. Elle sourit, elle répond à voix de berceuse :

— Je veux t'instruire pour me délivrer du savoir solitaire qui désormais me pèse trop. Écoute, Homli deux fois né : nous irons aux cavernes rêveuses, je t'apprendrai à voir sans regard. Sur la plaine nos visages vogueront comme soleil et lune transparents. Tu contempleras les batailles et les baisers secrets des vivants, les halètements puants des mourants pareils à des bouffées de brume rouge, les paroles dites inscrites sur l'air, les

210

désirs en germe dans les esprits nus, les enfants naissants dans les larmes amoureuses. Jusqu'à te rassasier
d'ivresse tu regarderas remuer le grand bouillon de la
vie, et dans son inépuisable vapeur tu découvriras la
sagesse. Alors, par les couloirs ténébreux au sol de
cendre que seuls mes pieds ont une fois foulés je te
conduirai à la source du fond. Sous le jet courbe jailli
du roc tu te coucheras, tu te laveras et tu t'abreuveras.
Ainsi je ne serai plus seule immortelle et nous vivrons
unis ensemble par l'écorce du corps et les fibres de
l'âme.

— Que ferai-je de tant de pouvoirs, dame, dit Izahi
posant ses mains sur les joues tendres devant lui avivées
par le feu des paroles. Depuis que mon premier roseau
a troué Sath je n'ai fait que porter la mort sur mon
épaule, comme un oiseau noir, et la nourrir. La voilà
maintenant becquetant les dernières herbes vertes de
la prairie entre les deux armées l'une vers l'autre cheminant. En vérité, j'aimerais être couché sous ses
griffes.

— Tu geins, répond Dame Enlila, tu grinces comme
un arbre que le vent secoue. Je t'aime ainsi. Je sais que
tu vas te dresser pour arpenter la chambre et ruminer
à l'aise tes douleurs. Puis dans ton esprit Dame-sans-
Nom parlera. Elle te dira : cogne du talon le sol, que ta
carcasse en frémisse jusqu'à la nuque! Tu iras où tu
dois aller avec la dame que j'envie! Secoue ta crinière
pour disperser les brouillards paresseux qui t'em-
pêchent de voir ce que tu sais depuis la traversée du
feu : tu es celui qui accomplit les gestes nécessaires,

ta puissance est celle de l'aube qui point, ta volonté celle de la source!

Chilam chemine dans le désert de l'Est. La bourrasque de sable pique sa nuque et fouette son dos, gronde et tourmente à grandes poussées impatientes les pans de sa robe, l'entraîne violemment vers l'horizon poudreux où le ciel et la terre ne se distinguent plus. A l'aube il a quitté la citadelle maintenant à peine visible, enfoncée entre les dunes, au fond des nuées grises et rouges soulevées. Jamais plus le Vêtu ne franchira le portail triangulaire. Son regard qui semble suivre son âme échappée dans les tourbillons dit : jamais plus. Il marche jusqu'au crépuscule. L'Oiseau Toumbo, le Céleste, flamboie loin derrière lui. Jusqu'à la nuit profonde il se laisse emporter par le vent, trébuchant aux vagues de sable mouillé. Il parvient ainsi à la Borne-de-Maïni : un roc semblable à un sexe géant surgi raide de la terre, enfoncé dans les nuages obscurs. Au-delà commence l'infinie poussière d'où nul égaré, de mémoire vivante, n'est revenu. Il s'assied là, face aux ténèbres, l'épaule contre la pierre rugueuse, droit des fesses au crâne, les mains sur les genoux. Il attend. Passent trois heures noires. Trois fois ses paupières glissent sur ses yeux douloureux et son menton heurte sa poitrine. La troisième fois relevant la tête il voit le Géographe-au-Seuil-de-l'Est, ombre noire, à genoux devant lui. Il lui dit à voix fatiguée :

— Ta veille s'achève, gardien savant. Toutes nos sciences sont épuisées.

Le Dagan accroupi cherche comme un aveugle les mains du Grand Vêtu, il en baise les doigts, il tend l'oreille à la bouche qui parle bas :

— Messager de la dame profonde à la frontière de l'Est : ainsi je te nomme pour la dernière fois. As-tu sans faillir révélé les paroles du Livre aux fous qui se sont aventurés jusqu'à toi?

— Ils furent quatre depuis que tu m'as conduit ici : deux Dagans, deux Homlis. Je leur ai dit : sur cette terre horizontale il n'est pas de jardin parfait, ni de vérité dernière. Je leur ai dit : ici finissent les contes sacrés et commence le royaume de la mort très savante. Un seul est passé outre, je ne l'ai jamais revu. J'ai bercé les trois autres dans mes bras jusqu'à ce que leur souffle s'éteigne.

— Désormais, dit Chilam, qui voudra s'égarer sera sage car la paix ne règne plus sur la plaine. A l'aube prochaine tu iras au seuil du Nord, au seuil de l'Ouest, au seuil du Sud. Tu supplieras de ma part tes trois frères géographes d'oublier le savoir que je leur ai donné. Car vous n'êtes plus immuables, dévoreurs de livres! Vous devez quitter les lisières et cheminer vers le centre de Maïni où les corps s'entrechoquent et se déchirent, où l'herbe sanglante fume horriblement! Mes pauvres fils, qu'avez-vous besoin de vos sciences, maintenant? Les dents serrées sur vos secrets vous devez avec vos pareils descendre dans le malheur jusqu'au fin fond des ténèbres. Alors peut-être trouverez-vous le seuil d'un autre monde. Je pressens qu'en ce pays futur les pages de nos grimoires ne seront pas plus éloquentes que feuilles d'arbre. Pardonne-moi, je sais que mes paroles s'enfoncent dans ta gorge comme des griffes gelées, mais le temps n'est plus aux patientes leçons. Moi, bibliothécaire, archiviste du savoir de Maïni, je découvre la terrifiante ignorance, et je te le dis sans honte : pour la première fois de sa longue vie, Chilam, le vieillard que tant de fils ont honoré, aimerait qu'un père compatissant l'étreigne et le console.

La tête du géographe s'alourdit. Son front effleure l'épaule du Vêtu. Il murmure :

— Il fut dit que ce temps viendrait. J'obéirai à tes ordres.

La brume pâlit à l'horizon. Jour froid, sable gris, mélancolie de la bruine ondulante dans la bourrasque. Maintenant Chilam distingue devant lui le visage mouillé : joues creuses, front luisant, douleur douce dans le regard immobile.

— Va, fils, tout est dit. Tu ne me verras plus en ce monde. Rambo a conduit le peuple à la bataille où je n'ai pu le suivre. La trop savante et parfaite Dame Enlila s'est enfermée dans la citadelle où je n'ai pu demeurer. Mon cœur s'est rompu. Par la brèche ouverte je me suis engouffré, j'ai fui. Je veux marcher jusqu'à me perdre, heureux déserteur, libre de tout amour, vidé de tout espoir, lavé de toute science. Adieu. Aucune parole jamais plus ne tombera de ma bouche.

Il sourit comme un enfant rêveur, prend aux épaules le Dagan qu'il a patiemment instruit, aux temps sages, le serre sur sa poitrine et baise sa tempe. Puis il se lève et s'avance d'un pas vif au-delà de Borne. Il s'éloigne, environné de poussière turbulente. On dirait qu'il va danser avec le vent. Le géographe galope vers le Nord.

Accroupis parmi les buissons épineux trois Dagans déchirent le corps de Ravi, tombé dans une embuscade entre la colline Sein-de-Maïni et le fleuve. Vingt et un enfants de sa troupe ont rejoint Cori sur le chemin de Grands-Signes. D'autres se sont enfuis vers le marécage où mourut Sath. Lans court à leur poursuite : ordre lui fut donné de les rassembler et de les conduire à la bataille. Rambo marche à la rencontre des piques luisantes au loin. Il s'avance, la tête dans les épaules, comme attelé à son peuple, qui va derrière. Nilée à son côté de temps en temps se tourne vers la meute innombrable, hurlant, les poings levés, la gueule grande ouverte, pour attiser les rages. Ce matin, la pluie et le vent ont brusquement cessé. Les nuages immobiles descendus bas sur la plaine comme des fantômes ventrus flairent les chevelures et les crânes luisants de ceux qui vont mourir.

# 21

Izahi et Dame Enlila traversent la vaste cour ceinte de remparts noirs et franchissent le seuil de la citadelle déserte. Ils sont majestueux comme reine et roi appelés au sacre divin, silencieux comme des enfants timides, sereins au tréfonds comme deux guerriers sur le chemin de la paix. Dans l'esprit d'Izahi la dame se tient droite. Dans l'esprit de la dame Izahi éblouit l'avenir. Ils portent au front le signe invisible des unis parfaits.

Ils marchent jusqu'au fleuve au cours lent sous les nuages bas. Au large sur la plaine galopent des patrouilles, poursuivant des fuyards. Passe le vent, portant par bouffées les lointaines clameurs de la bataille. Ils voient, ils entendent, ils vont vers l'Ouest, le long de la berge.

A Figure-de-Sable un vieillard désarmé resté seul parmi les huttes vides les aperçoit cheminant entre les arbres chevelus de la rive. Il tombe à genoux comme un foudroyé, la face dans l'herbe, les mains croisées sur la tête. Les deux vivants bouleversants ne le regardent pas. La nuque raide ils s'éloignent à pas tranquilles.

A Village-Premier Izahi pose la main sur l'épaule de
la Dame et s'arrête un instant devant la hutte de Fa.
Derrière ce mur de branches moussues, sous ce toit de
paille mouillée, il tomba du ventre de sa mère, il se tint
debout pour la première fois et connut Lao, il vit
morte celle qui l'a nourri, dévorée par un Dagan au
sexe véhément. Rien de tout cela ne l'émeut. La Dame
caresse sa chevelure. Ils vont, suivant la courbe du
fleuve dans l'herbe haute.

A la proue de l'île Caillou-du-Milieu, dressée sur un
rocher Dame-sans-Nom les regarde venir parmi les
buissons, de l'autre côté de l'eau. Elle se tient immobile et voûtée. Elle semble porter sur son dos le ciel
gris. Ses cheveux hirsutes cachent à demi son visage,
pourtant les amants éloignés savent qu'elle jubile secrètement. Ils savourent une joie puissante et complice
mais ne disent mot.

Voici la Porte de Roc et la première cascade. Environnés d'écume ils gravissent le mont. Longtemps ils
se hissent parmi les cailloux broussailleux. Maintenant
ils sont droits sur la cime et contemplent Maïni. Les
sept villages : Parole-de-l'Oiseau dans un pré encore
vert, Geste-de-l'Arbre au Nord, à la lisière de la forêt,
Caillou-du-Milieu, Village-Premier, Figure-de-Sable le
long du fleuve aux courbes douces, Roseau-sous-le-Ciel
et Grands-Signes parmi les arbustes rares du Sud. A
l'horizon de l'Est la citadelle noire. Et dans un nuage
tombé sur la prairie fumante, la bataille : tourbillons,
corps fantômes emmêlés, grouillants, foule que pétrissent
d'immenses mains de brume.

Au creux d'un rocher lisse Izahi se couche sur le dos. Dame Enlila le rejoint. Elle ôte sa robe, que le vent emporte. Elle murmure :

— Je te sacre roi,

et baise sa bouche. Elle dit encore :

— Un jour notre fils, premier vivant du peuple nouveau, entre ton corps et le mien descendra de ce mont. Il sera terrifiant et splendide. Des avalanches sous ses pas rouleront. Au milieu de la plaine son talon enfoncera dans la terre le crâne décharné du dernier Dagan et son regard pétrifiera les Homlis vainqueurs. Il régnera, infaillible et sans pitié.

Izahi ferme les yeux, grogne d'aise. Le dieu du Temps sourit dans son sommeil.

DU MÊME AUTEUR

Démons et merveilles de la science-fiction
*essai*
*Julliard, 1974*

Départements et territoires d'outre-mort
*nouvelles*
*Julliard, 1977*
*et « Points », n° P732*

Souvenirs invivables
*poèmes*
*Ipomée, 1977*

Le Grand Partir
*roman*
*Grand Prix de l'humour noir*
*Seuil, 1978*
*et « Points », n° P525*

L'Arbre à soleils
Légendes du monde entier
*Seuil, 1979*
*et « Points », n° P304*

Bélibaste
*roman*
*Seuil, 1982*
*et « Points », n° P306*

L'Inquisiteur
*roman*
*Seuil, 1984*
*et « Points », n° P66*

Le Fils de l'ogre
*roman*
*Seuil, 1986*
*et « Points », n° P385*

L'Arbre aux trésors
Légendes du monde entier
*Seuil, 1987*
*et « Points », n° P361*

L'Homme à la vie inexplicable
*roman*
*Seuil, 1989*
*et « Points », n° P305*

La Chanson de la croisade albigeoise
*(traduction)*
*Le Livre de poche, « Lettres gothiques », 1989*

L'Expédition
*roman*
*Seuil, 1991*
*et « Points », n° P524*

L'Arbre d'amour et de sagesse
Contes du monde entier
*Seuil, 1992,*
*et « Points », n° P360*

Vivre le pays cathare
*(en collaboration avec Gérard Siöen)*
*Mengès, 1992*

La Bible du hibou
Légendes, peurs bleues, fables et fantaisies
du temps où les hivers étaient rudes
*Seuil, 1994*
*et « Points », n° P78*

Les Sept Plumes de l'aigle
*récit*
*Seuil, 1995*
*et « Points », n° P1032*

Le Livre des amours
Contes de l'envie d'elle et du désir de lui
*Seuil, 1996*
*et « Points », n° P584*

Les Dits de Maître Shonglang
*Seuil, 1997*

Paroles de Chamans
*Albin Michel, « Carnets de sagesse », 1997*

Les Cathares et l'Éternité
*Bartillat, 1997*
*réédité sous le titre*
Les Cathares, brève histoire
d'un mythe vivant
*« Points », n° P1969*

Paramour
*récit*
*Seuil, 1998*
*et « Points », n° P760*

Contes d'Afrique
*(illustrations de Marc Daniau)*
*Seuil, 1999*
*Seuil Jeunesse, 2009*
*Seuil Jeunesse, édition collector, 2012*

Contes du Pacifique
*(illustrations de Laura Rosano)*
*Seuil, 2000*

Le Rire de l'Ange
*Seuil, 2000*
*et « Points », n° P1073*

Contes d'Asie
*(illustrations d'Olivier Besson)*
*Seuil, 2001*
*et Seuil Jeunesse, 2009*

Le Murmure des contes
*Desclée de Brouwer, 2002*

La Reine des serpents
et autres contes du ciel et de la terre
*« Points Virgule », n° 57, 2002*

Contes d'Europe
*(illustrations de Marc Daniau)*
*Seuil, 2002, 2010*

Contes et recettes du monde
*(en collaboration avec Guy Martin)*
*Seuil, 2003*

L'Amour foudre
Contes de la folie d'aimer
*Seuil, 2003*
*et « Points », n° P1613*

Contes d'Amérique
*(illustrations de Blutch)*
*Seuil, 2004*

Contes des sages soufis
*Seuil, 2004*

Le Voyage d'Anna
*roman*
*Seuil, 2005*
*« Points », n° P1459*

L'Almanach
*Éditions du Panama, 2006*

Jusqu'à Tombouctou
Desert blues
*(en collaboration avec Michel Jaffrenou)*
*Éditions du Point d'exclamation, 2007*

L'homme qui voulait voir Mahona
*Albin Michel, 2008*
*et « Points », n° P2191*

Le Secret de l'aigle
*(en collaboration avec Luís Ansa)*
*Albin Michel, 2008*

Les Contes de l'almanach
*Éditions du Panama, 2008*

Le Rire de la grenouille
*Carnets nord, 2008*

Poésie des troubadours
Anthologie
*Points « Poésie », n° P2234, 2009*

Le Livre des chemins
Contes de bon conseil pour questions secrètes
*Albin Michel, 2009*

L'Abécédaire amoureux
*Albin Michel, 2010*

L'Enfant de la neige
*Albin Michel, 2011*

Au bon bec
Où tu trouveras les vertus, bontés
et secrets des légumes, fruits et fines herbes
*Albin Michel, 2012*

Je n'éteins jamais la lumière
Chansons
*Silène, 2012*

Devine !
Énigmes, rébus & devinettes
pour tous les âges de la vie
*Silène, 2013*

Petits contes de sagesse
pour temps turbulents
*Albin Michel, 2013*

Cet ouvrage a été imprimé en France par
CPI Bussière
à Saint-Amand-Montrond (Cher)
en octobre 2013.
N° d'édition : 113791. - N° d'impression : 2005507.
Dépôt légal : novembre 2013.

# Éditions Points

Le catalogue complet de nos collections est sur Le Cercle Points, ainsi que des interviews de vos auteurs préférés, des jeux-concours, des conseils de lecture, des extraits en avant-première…

**www.lecerclepoints.com**